PEMA'S STURM

BRENDA TRIM

Übersetzt von

CAROLIN KERN

Titel der englischen Originalausgabe: »Pema's Storm«
Herausgeberin: Amanda Fitzpatrick
Cover Art: Patricia Schmitt (Pickyme)

Für die deutschsprachige Ausgabe:

Herausgeber: TekTime

❀ Erstellt mit Vellum

In dieser Trilogie geht es um Schwesterlichkeit. Für uns bedeutet Schwesterlichkeit viele Dinge. Es ist ein warmes Lächeln an einem regnerischen Tag, eine freundliche Umarmung, ein fröhliches Hallo … Es ist alles, was eine gute und bestehende Freundschaft ist, nur besser. Bei Schwesterlichkeit geht es nicht nur um Blut. Es sind diese Frauen in deinem Leben, die dich zu der Person geformt haben, zu der du geworden bist. Wir lieben all die Schwestern in unserem Leben!

Wie immer wollten wir all unseren Lesern von Herzen danken, die sich uns bei diesem aufregenden Abenteuer angeschlossen haben. Ihr habt unsere Dark Warrior geliebt und wir hoffen, ihr werdet unsere jungen, energetischen Hexen mit offenen Armen begrüßen. Sie sind eine Macht, mit der man rechnen muss.

GLOSSAR

- **Allianz der Dark Warrior:** Die Allianz der dunklen Krieger ist ein Zusammenschluss verschiedener übernatürlicher Wesen aus dem Tehrex Reich. Ihr Auftrag ist es, die Menschen und Übernatürlichen vor dem Bösen, wie Erzdämonen und Skirm, zu beschützen und das Reich geheim zu halten.
- **Annwyn**: Unterwelt, Jenseits.
- **Brathair**: Schottisch-Gälisch für »Bruder«.
- **Cambion**: Ein Mischwesen des Tehrex Reichs aus Mensch und Inkubus.
- **Claymore**: Ein schottisches Zweihandschwert mit breiter Klinge, bedeutet »großes Schwert«
- **Erzdämon**: Ein bösartiges Wesen, das von Luzifer geschaffen wurde, um Chaos und Verwüstung anzurichten.
- **Fae**: Ein übernatürliches Wesen aus dem Reich Faerie.
- **Mambo**: Eine Hohepriesterin in der magischen Praktik des Voodoo.

- **Puithar**: Schottisch-Gälisch für »Schwester«.
- **Schicksalsgefährte**: Der vorherbestimmte, vom Schicksal auserwählte Lebenspartner eines übernatürlichen Wesens im Tehrex Reich. Es besteht eine sehr tiefe Verbindung zwischen Schicksalsgefährten.
- **Seelie**: Fae werden in »Seelie« und »Unseelie« unterteilt; Die Seelie-Fae werden eher als gut und den Menschen wohlgesonnen angesehen, sind aber dennoch nicht ungefährlich.
- **Sgian dubh**: Ein traditionelles schottisches Messer, bedeutet »schwarzer Dolch«.
- **Sidhe**: Eine Art der Fae.
- **Skirm**: Ein Mensch, der durch den Biss eines Erzdämons verwandelt wurde. Da sie von ihrem Schöpfer kontrolliert werden, verlieren sie bei der Verwandlung jegliche Menschlichkeit. Im Gegensatz zu Vampiren töten sie, wenn sie sich nähren.
- **Stripling**: Ein Übernatürlicher vor der sexuellen Reife. Ein Stripling ist noch nicht im Besitz seiner außernatürlichen Kräfte.
- **Tehrex Reich**: Ein von der Göttin Morrigan geschaffenes Reich übernatürlicher Wesen wie Wandler, Vampire, Cambione, Kobolde und Zauberer.
- **Vampir**: Ein übernatürliches Wesen des Tehrex Reichs, das sich unter anderem von Blut ernährt, aber hierfür nicht tötet. Vampire werden geboren, nicht geschaffen, und sind, im Gegensatz zu den Skirm, nicht grundsätzlich bösartig.
- **Wandler**: Ein übernatürliches Wesen des Tehrex Reichs, das sich in ein Tier verwandeln kann. Der

normale Wandler bewegt sich innerhalb einer Tiergruppe, ist also zum Beispiel ein Wandler für Katzenartige oder Hundeartige.

KAPITEL EINS

Ein lautes Krachen erschreckte Pema und ließ sie von ihrem Computer aufblicken. Fluchen erschallte von der Vorderseite des Ladens und sie legte den Kopf schief, um Bruchstücke des Streits mitzubekommen, der zwischen ihren Schwestern tobte. Anscheinend hatte Suvi eine Kiste mit Fluoritkristallen fallen gelassen und Isis stand kurz davor, völlig durchzudrehen. Nur ein typischer Tag bei *Black Moon*. Kopfschüttelnd ignorierte Pema sie, drehte ihr langes blondes Haar an ihrem Nacken ein und wandte sich wieder den Papieren zu, die sie begutachtet hatte.

Der Anteil an Buchhaltung ihres Geschäfts machte ihr nicht besonders Spaß, aber jemand musste es tun. Seit zwei Jahren am Stück boomte das Geschäft, was es ihnen erlaubt hat, Cele, ihrer Hohepriesterin, das Geld zurückzuzahlen, das sie ihnen geliehen hatte. Sie hatte ihnen ein Darlehen gegeben, um *Black Moon Sabbat* zu gründen, und es hatte gerade einmal achtzehn Monate gedauert, um es bei ihr abzuzahlen. Angesichts der Wirtschaft und Celes astronomischen Zinssatzes waren sie stolz auf diese Tatsache.

Mehr Zank erreichte sie im Hinterzimmer und seufzend

stand sie auf. Zeit, um Friedensstifter zu spielen. Pema begann ihre Idee, früher am Morgen zu öffnen, um mehr ihrer menschlichen Kunden zu bedienen, zu überdenken. Es gab zu viele Nächte, in denen sie lange wach blieben, um zu versuchen, den perfekten Martini zu finden. Wohlstand hat seinen Preis, dachte sie, als sie das Büro verließ, um zu sehen, was passiert war. Aber es war nicht so, dass sie ihr Streben nach dem perfekten Martini in absehbarer Zeit aufgeben würden.

Als sie sich im Laden umsah, schwoll ihre Brust vor Stolz an. Sie hatten *Black Moon* von Grund auf aufgebaut. Der Laden war für das Tehrex Reich so einzigartig, wie Pema und ihre Schwestern es waren. Beide sollten nicht existieren, aber sie taten es und gediehen. Pema und ihre Schwestern glaubten, dass die Unwissenheit ihrer Jugend teilweise verantwortlich war.

Sie waren die jüngsten Hexen im Reich und waren ungestüm genug, um das Risiko einzugehen ein Geschäft zu gründen, das die Menschen in nächste Nähe des Reichs brachten. Sie genossen die Interaktion mit Menschen und blühten durch die einzigartige Begeisterung fürs Leben, die sie hatten, auf. Das bedeutete jedoch nicht, dass sie völlig unvernünftig waren. Sie verstanden das Edikt der Göttin, dass Geheimhaltung gewahrt werden musste, und würden niemals etwas tun, um eine Enthüllung zu riskieren. Aber sie liebten es die Regeln bis an ihre Grenzen zu biegen.

Der kräftige Duft von Lavendel und Jasmin erregte Pemas Aufmerksamkeit und warf sie beinahe um, als sie den vorderen Teil betrat. Sie blickte sich um und sah Suvi inmitten eines Durcheinanders von Büchern und verschiedenen Teesorten stehen, mit den Preisaufklebern in der Hand. Sie bemerkte, dass die Decks der Tarotkarten bereits ausgezeichnet und zur Seite gelegt worden waren.

»Weshalb zickt ihr zwei euch an?«, fragte Pema.

»Wir sind zu verdammt müde, um so früh auf zu sein und zu funktionieren, und der Tollpatsch hier hat einen Behälter mit Fluorit fallen lassen. Der gesamte Kasten ist beschädigt. Zum Glück habe ich es geschafft, die Zaubertränke zu retten, die wir letzte Nacht gebraut haben. Hätte sie diese zerbrochen, würden wir auf ein noch größeres Durcheinander schauen«, klagte Isis. »Ich meine, ernsthaft, diese Magie wäre, wenn sie vermischt würde, tödlich. Wenn wir bis zwei oder drei draußen bleiben, ist es nicht ratsam um zehn zu öffnen.« Pema schürzte bei dem vertrauten Argument die Lippen, das ihre Schwestern darlegten, um ihre neuen Öffnungszeiten nach hinten zu verschieben.

»Aber du hast die Tränke gerettet und das«, Pema deutete auf das Chaos um Suvi herum, »ist nichts. Wir sind ein Team, erinnerst du dich? Wir könnten diesen Ort nicht führen, ohne uns gegenseitig den Rücken zu stärken. Und, falls du es vergessen hast, Suvi verkauft mehr Kristalle und Lederbeutel als wir beide zusammengenommen. Ich wette, sie kann die beschädigten genauso einfach verkaufen«, sagte Pema zu Isis, als sie den Raum durchquerte und Suvi in eine Umarmung zog.

»Ach, was auch immer. Ich werde ihr nicht sagen, dass es mir leidtut. Sie muss versuchen, ausnahmsweise einmal aufzupassen. Alles, was es braucht, ist ein schweres Missgeschick mit unseren Zaubertränken, um Cele Recht zu geben, dass Mom und Dad uns vor all den Jahren hätten zwingen sollen, an der *Callieach Academy* zu bleiben, und ich werde verdammt sein, wenn ich dieser Hexe bei irgendetwas beweise, dass sie Recht hat.« Isis stapfte zu den großen hölzernen Bücherregalen, die seit Jahrhunderten im Besitz der Rowan-Familie waren, Gereiztheit in jedem ihrer Schritte. Isis war leicht zu verärgern, aber Pema teilte ihre Abscheu wegen der *Callieach Academy*. Pema wollte nie wieder unter Celes Fuchtel stehen.

»Ich weiß nicht, warum du diese Frau dir unter die Haut gehen lässt. Ich mag sie nicht, aber ich werde meine Zeit nicht damit verbringen, mir unnötig Sorgen wegen ihr zu machen. Ich würde lieber über die Eröffnung vom *Confetti Too* morgen Abend sprechen. Ich frage mich, ob die Dark Warrior dort sein werden«, sang Suvi, während sie herumhuschte und wahllos Bücher hier und da platzierte. Pema lächelte, während sie ihre Schwester beobachtete und sich wünschte, dass sie, wie Suvi, lockerer wäre. Alles schien von Suvi abzuperlen und brachte sie kaum auf.

»Ich bin sicher, sie werden da sein. Das ist Killians Club, ich bezweifle, dass sie die große Eröffnung verpassen würden«, bot Isis mit einem verschlagenen Grinsen an, ihre Wut schließlich am Abkühlen.

»Wenn das so ist, werde ich den Stein auf diesem Armband in einen Rosenquarz abändern. Ich möchte etwas *Liebe* in meiner Zukunft«, sagte Pema und wackelte mit den Augenbrauen, als sie zur *RockCandy Leatherworks*-Auslage ging, froh, dass die Stimmung aufgehellt wurde. Es war ihr Lieblingsschmuck und sie trug immer eines der handgefertigten Stücke.

»Das ist nicht die richtige Steinwahl, wenn du Sex willst, Schwester. Du brauchst den roten Jaspis. Er stimuliert die Vitalität«, kommentierte Suvi, als sie zu ihr ging, um ihr bei der Auswahl zu helfen.

Pema schauderte, Suvi hatte Recht. Liebe wollte sie auf keinen Fall. Liebe brachte nichts als Kummer und Ärger. »Der Göttin sei Dank, dass du so viel besser darin bist, dich an dieses Zeug zu erinnern«, erwiderte sie, während sie die Auswahl an Steinen durchsah. »Das hätte für mich nach hinten losgehen können«, gab Pema zu, als sie den Rosenquarz vom Lederband abschraubte und durch den roten Jaspis ersetzte.

Da sie eine Hexe und mit der Erde verbunden war, spürte

Pema die Kraft in natürlichen Objekten wie diesen Steinen. Als die Effekte des Steins durch ihr System zu summen begannen, wandte sie sich der weniger angenehmen Aufgabe zu, den Laden zu reinigen. »Hilf mir die Leiter zu holen, Suvi. Ich möchte die Kerzen auf dem obersten Regal abstauben. Hast du mehr über die Updates vom Club gehört? Als wir unseren Schutz hinzugefügt haben, waren es nur Stahlträger und Ziegelsteine, aber ich habe gehört, dass es eine ganz andere Atmosphäre an sich hat, und dass Killian zusätzliche Sicherheitskräfte eingestellt hat. Das überrascht mich nicht, wenn man den Skirm-Angriff bedenkt.«

Pema bat Suvi wider besseres Wissen ihr zu helfen, aber ihre Schwester brauchte nach dem Fiasko mit dem Fluorit einen Auftrieb. Als sie den Lagerraum erreichten und auf die hohe Holzleiter blickten, überdachte Pema kurz ihre Entscheidung, als sie die Schuhe sah, die ihre Schwester anhatte. Suvi war immer in Schale geworfen, egal was sie machten, und heute war das mit ihren fünfzehn Zentimeter hohen Absätzen nicht anders. Sie sandte ein stilles Gebet an die Göttin, dass sie es ohne weitere Verwüstung schafften.

»Ich habe gehört, dass Killian von den Ratsmitgliedern deren stärkste Männer schicken lassen hat«, teilte Suvi mit, während sie durch die Flure manövrierten. »Selbstverständlich heißt das, dass neue, absolut bumsbare Männer da sein werden.«

Pema entließ den Atem, den sie angehalten hatte, als es ihnen gelang, es in den offenen Bereich zu schaffen, ohne etwas anderes zu zerbrechen.

»Jaah, aber können sie tanzen? Ich bin bereit auf die Tanzfläche zu stürmen und mit den Hüften zu wackeln«, sagte Isis, während sie zur Stereoanlage tänzelte und die Musik zu einem Club-Mix änderte. Pema und Suvi fingen an zu lachen, als Isis zum Sound mit einem schmutzigen Tanz begann, während sie sprach.

»Hör auf, mit deinem Arsch zu wackeln und schnapp dir von hinten ein paar schwarze Kerzen«, sagte Pema zu Isis, während sie die Leiter hochkletterte. »Die Letzten, die wir hier draußen hatten, habe ich vor ein paar Stunden an Camelia verkauft.«

Isis zuckte zusammen, als sie nach hinten ging. »Keine Ahnung, was die verrückte Camelia mit ihnen heraufbeschwört.«

»Ich habe gehört, sie hat versucht, ihren Sohn von den Toten zurückholen«, sagte Suvi und reichte Pema den Staubwedel.

»Man darf nicht alles glauben, was man hört. Sie versucht vielleicht, mit ihm zu kommunizieren, aber sie ist nicht verrückt genug, um zu glauben, dass sie ihn zurückbringen kann, Wiederauferstehung ist nicht möglich.« Pema nahm an, dass Cele das Gerücht verbreitete, um Camelia zu diskreditieren, wenn man das böse Blut zwischen ihnen bedachte. Es gab nichts Schlimmeres als Geschwisterrivalität und Pema dankte der Göttin, dass sie und ihre Schwestern sich so nahestanden, wie sie es taten. Sie streckte sich hinüber und die Leiter schwankte unter ihren Füßen, also murmelte sie schnell einen Stabilitäts-Zauber. Es würde höllisch wehtun, wenn sie von ganz oben herunterfallen würde.

»Ich weiß. Es ist so irrsinnig wie das, was sie über uns sagen. Ich meine, wir könnten niemals Teil einer feindlichen Übernahme sein«, antwortete Suvi von unterhalb, wo sie jetzt Halsketten auf der Glastheke neu anordnete.

Pema nickte zustimmend, während sie mit dem Staubwedel über das Regal und die Kerzen strich. »Das ist das Problem mit Prophezeiungen. Sie sind vage, verwirrend –« Sie verstummte, als das Klingeln des Windspiels über der Vordertür signalisierte, dass sie einen Kunden hatten.

Eine kühle Brise wehte durch den Raum, kühlte die Luft ab. Sie drehte sich um und sah den umwerfendsten Mann durch die Tür kommen. Er war gute eins achtzig groß und hatte dichtes braunes Haar, das in weichen Locken um sein auf eine raue Art gutaussehendes Gesicht fiel. Er hatte einen starken, kantigen Kiefer, bei dem sie sich sofort vorstellte, wie sie mit ihrer Zunge daran entlangfuhr. Seine warmen braunen Augen luden sie ein, ihre Geheimnisse zu teilen, und plötzlich war es nicht mehr so kühl.

Ihr Blick wanderte über ihn und sie bemerkte, dass seine Jeans an all den richtigen Stellen eng war, und sie konnte seine strammen, muskulösen Beine leicht erkennen. Er raubte ihr den Atem und sie wollte ihn unbedingt.

Ihr Geschlecht zog sich vor Bedürfnis zusammen und Erregung flutete ihr Höschen, als sie von einer unkontrollierbaren Lust auf diesen Fremden überwältigt wurde und sie sich auf nichts anderes konzentrieren konnte, als ihn für ein schnelles Stelldichein ins Büro zu kriegen. Sie wurde benommen, als eine Empfindung in ihrer Brust, wie das Streichen einer Feder, ihr Herz rasen ließ. Sie fragte sich, was mit ihr los war. Sie war keine errötende Jungfrau, aber sie hatte noch nie derart reagiert, wenn sie einen Mann angeschaut hat.

Als sie ihre Hand nach oben streckte, um sich den Schweiß von ihrer Stirn zu wischen, verlor sie den Halt auf der Leiter. Als sie spürte, wie die Luft an ihr vorbeirauschte, dachte sie nicht einmal daran, einen Zauberspruch auszusprechen. Sie machte die Tatsache dafür verantwortlich, dass ihr Gehirn aufgrund einer Hormonüberlastung versagte. Anstatt als unschöner Haufen auf dem Fußboden zu landen, wurde sie von großen, starken Armen aufgefangen, und ein elektrischer Strom raste über ihre Haut, sobald sie sich berührten. Sie wollte an die Spitze der Leiter klettern, damit dieser Mann sie noch einmal auffing. Andererseits würde das bedeuten, dass er sie absetzen musste, und sie hatte kein Verlangen, dass das geschah.

»Bist du okay?« Seine Stimme war ruppig und sie liebte es. Das Geräusch schickte flüssige Hitze von ihrem Unterleib zu ihrem Kern und ließ sie an seinen Körper schmelzen.

So sehr sie es auch nicht wollte, sie musste Platz zwischen ihnen schaffen, sonst würde sie die Kontrolle verlieren. Sie drückte gegen seine breiten Schultern, damit er sie losließ. Sie kämpfte nicht allzu hart dagegen an, als er sich weigerte sie freizugeben. »Ich bin okay. Netter Fang übrigens. Normalerweise werde ich nicht so auf dem falschen Fuß erwischt.«

Sie sollte ihm sagen, dass er sie loslassen sollte. Ihre Lippen öffneten sich, um die Worte zu sagen, aber sie waren in ihrer Kehle gefangen. Sie atmete seinen erdigen Kieferndüft ein und eine neue Hitzewelle durchströmte sie. Sie musste ihre Sinne zusammennehmen und ihrem Stoß mehr Kraft verleihen, bis er sie schließlich absetzte. Ihr Körper glitt an seiner harten Körperlänge entlang und sie trat ein paar Schritte zurück, bevor sie aus einem Impuls heraus handelte und sich wie eine rollige Katze an ihm rieb.

»Ich wollte dich nicht erschrecken. Bist du eine der Rowan-Schwestern?«, fragte er und streckte seine Hand aus. Sehnte er sich genauso sehr nach Kontakt mit ihr wie sie bei ihm? Es kam Pema wie eine Ewigkeit vor, seit er sie berührt hatte, und sie würde sterben, wenn er sie nicht wieder berührte. Okaaay, sie verlor den Verstand und sie musste mit diesem Verhalten aufhören.

Zwischen ihrem Gehirn und ihren Hormonen herrschte Funkstille und sie ergriff eifrig seine Hand und hielt sie eng. »Ja, ich bin Pema und das ist meine Schwester Suvi«, sie nickte mit dem Kopf in Richtung ihrer Schwester, hielt seine Hand weiter fest. »Und du bist?«

»Mein Name ist Ronan Blackwell«, sagte der Adonis, behielt seinen intensiven Blick in ihre Augen bei.

»Wie können wir dir helfen, Ronan?«, fragte Suvi, weckte

damit Pema aus ihren Tagträumen davon, über seinen Körper herzufallen. Als sie merkte, wie seltsam es scheinen musste, dass sie sich an seine Hand klammerte, zog sie sich aus seinem festen Griff und verspürte sofort einen Verlust. Sie drehte sich, um sich dem Tresen zuzuwenden, da sie den Augenkontakt mit ihm lösen musste.

»Ich bin mir nicht ganz sicher. Ich muss meine Frau zurückgewinnen. Ich glaube, dass ihre Mutter sie dazu gezwungen hat, die Dinge zwischen uns zu beenden. Ich habe nie an diesen Hokuspokus-Scheiß geglaubt, und ich denke, ihre Mutter mochte mich deswegen nicht. Ich bin ein Wandler und glaube an das, was ich vor mir sehe«, sagte Ronan. Zwei Dinge passierten. Für eine kurze Sekunde wollte Pema diese Frau in Stücke reißen. Sie verwarf den Gedanken schnell und erinnerte sich daran, dass sie nur von dem Mann fantasierte, mehr nicht. Und wer zum Teufel war er, dass er ihre Magie Hokuspokus-Scheiß nannte? Sie drehte sich und nahm dieses Alpha-Männchen auf, und seine selbstbewusste Haltung verstärkte die Reaktion ihres Körpers, was alle anderen Gedanken aus ihrem Geist fliehen ließ.

»Ich bin mir nicht sicher, was wir für dich tun können. Wir lehnen es ab, echte Liebestränke herzustellen oder zu verkaufen, also können wir diese Frau nicht zwingen, dich zu lieben, und wir können ganz sicher keinen Trank herstellen, der dich an unseren Hokuspokus-Scheiß glauben lässt«, sagte Pema, aus ihrem Ton triefte Säure. »Wer ist diese Frau überhaupt?«

Ronan war einige lange Momente still, während er direkt durch ihre Seele starrte, bevor er antwortete. »Claire Wells. Bestimmt habt ihr etwas für mich. Mir wurde gesagt, dass die Rowan-Drillinge die mächtigsten Hexen im Reich sein sollen. Ich möchte Claire davon überzeugen, ihrem Herzen zu folgen. Sie liebt mich seit fast zweihundert Jahren und ich glaube nicht, dass sich das geändert hat.« Während er sprach, bewegte er sich näher zu Pema, richtete seinen Körper zu ihr aus. Sie würde keine Närrin sein und denken, dass er von ihr genauso berührt war wie sie von ihm. Sie war für ihn ein Mittel zum Zweck und sie würde sich verdammt noch mal nicht mitten in seine Beziehungsprobleme bringen lassen.

Trotzdem musste Pema sich auf die Zunge beißen. Dieser überwältigende Mann konnte nicht zu dieser speziellen Frau gehören. Sie war nicht überrascht, dass er vergeben war, aber warum musste es an Claire sein? Der Mann machte Pema vor Lust und jetzt Ekel verrückt. Keine tolle Kombination.

Sie erschauderte vor Abscheu. Claire Wells war Celes geliebte Tochter und Pema hasste sie beide. Sie hatte keinen eifersüchtigen Knochen in ihrem Körper, also war es ihr ein Rätsel, warum sie sich so über dieses Paar aufregte. Etwas hatte sie übernommen und, möge die Göttin ihr helfen, vielleicht blamierte sie sich noch.

Suvi sprang direkt in den Verkaufsmodus. »Natürlich sind wir das, und wenn dir jemand helfen kann, dann wir. Wir haben einige Wahrheitstränke. Und wenn du sie an die Leidenschaft erinnern möchtest, die ihr geteilt habt, haben wir rosa Turmalin, um die Libido zu steigern.« Suvi zwinkerte ihm zu.

Pema beobachtete ihre Interaktion, verzaubert von seiner Perfektion und ihrem Verlangen nach ihm. Es musste der rote Jaspis sein, der an ihr herumpfuschte. Ihre Libido machte Überstunden bei diesem Mann, der einen guten halben Meter von ihr entfernt war. Sie musste den Preis für diese Steine erhöhen und mehr bestellen. Das war offensichtlich ein mächtiger Glücksbringer.

Pema hörte zu, wie er mit Suvi sprach, und ertappte sich, wie sie sich fragte, warum er bei Claire war. Diese Gedanken weckten die Erinnerung an ihre letzte Interaktion mit Claire. Es war der Tag, an dem Claire nach Seattle zurückgezogen war und Pema und ihre Schwestern ihre letzte Zahlung an die Hohepriesterin leisteten.

Claire stand in Celes Büro, die Hände in die Hüften gestemmt, ihr langes mausbraunes Haar flatterte unruhig um ihre Schultern, als sie sie anknurrte. »Ganz egal wie viel Geld ihr in eurem Laden verdient, ihr drei seid immer noch nur die armen Kinder in Lumpen. Ihr werdet nie etwas erreichen.«

Isis grinste höhnisch zurück. »Das kommt von der, die sich bei allem auf Mami verlässt. Wir haben vielleicht in Lumpen angefangen, aber wir stecken nicht mehr in ihnen.«

Ein tiefes Rumpeln riss sie aus der Erinnerung. »Pack alle Kristalle oder Tränke ein, die du empfiehlst.« So schnell beschwor seine sexy Stimme Bilder in Pemas Gedanken herauf, in denen er über ihr schwebte, während er langsam in sie stieß und sie zum Höhepunkt trieb.

Sie biss die Zähne zusammen und sagte sich, dass sie aufhören *musste,* an Sex zu denken. Sie löste den Magneten des Bands um ihr Handgelenk und ließ das Armband auf den Tresen fallen. Sie ging ein Stück weit weg, brachte mehr Abstand zwischen sich und den sexy Wandler und tat so, als würde sie die Tarotkarten ordnen.

Ronan bewegte sich langsam näher zu ihr und blieb dann stehen. Er fuhr sich mit den Händen durch seine Haare, zerzauste seine Locken und schlurfte von Fuß zu Fuß. Sein Blick kehrte immer wieder zu Pemas Gesicht zurück. Etwas in Pema regte sich, als er sie anstarrte. Sie konnte den Ausdruck in seinen schokoladenbraunen Tiefen nicht entziffern, aber er war intensiv.

Suvi packte mehrere Gegenstände für Ronan ein und erklärte ihm, wie er jeden einzelnen benutzte, als sie seine Zahlung entgegennahm. Pema dachte nicht, dass Ronan ein Wort gehört hat, das ihre Schwester gesagt hatte, da sein Blick kein einziges Mal von ihrem Gesicht wich. Für jemanden, der so heiß darauf war, seine Freundin zurückzugewinnen, schien er sich im Moment nicht allzu sehr darum zu kümmern. Das war *kein* Wunschdenken, versicherte Pema sich selbst.

»Ich muss zur Arbeit, aber danke für die Hilfe. Bis demnächst?«, fragte Ronan, machte aber keine Anstalten zu gehen.

»Wenn du jemals im *Confetti Too* bist, wirst du mich häufig sehen«, antwortete Pema und hoffte, dass ihre Einladung nicht zu unverhohlen war.

»Ich schätze, ich werde dich oft sehen, da ich gerade als Teil der neuen Security eingestellt wurde. Werdet ihr morgen Abend da sein?«

»Ja«, sagte sie nickend. »Wir würden die große Eröffnung nicht verpassen wollen.«

»Sicherst du mir einen Tanz?«, fragte er mit rauchiger Stimme.

»Mit mir zu tanzen ist sicherlich nicht der Weg, um eine andere Frau zurückzugewinnen«, antwortete sie.

»Du hast Recht«, sagte er. Sie standen da und starrten sich scheinbar eine Ewigkeit lang an, bevor er sich umdrehte und den Laden verließ. Er blickte sie von der Straße aus an und sprang dann in einen großen Truck. *Ein Mann in einem Truck hat etwas an sich,* dachte Pema.

»Das ist ja mal eine Hitze, die ihr beide abgeworfen habt. Ich brauche einen begehbaren Gefrierschrank zum Abkühlen«, brach Suvi die Stille und fächelte ihrem Gesicht Luft zu.

»Halt die Klappe, Suvi«, murmelte Pema und starrte aus dem Fenster, gefesselt von glühenden braunen Augen.

KAPITEL ZWEI

Ronan umklammerte das Lenkrad, während er die Straße hinunterfuhr, und war so erschüttert wie noch nie in seinen ganzen sechshundert Jahren. Er hatte sich gefühlt, als wäre sein Leben vorbei, als er entdeckte, dass seine Eltern und Geschwister von menschlichen Wilderern ermordet wurden. Der Kummer war so lähmend gewesen, dass sein Bär übernommen hatte. Claire war Jahrhunderte später über ihn gestolpert und hatte Wochen damit verbracht, ihn wieder zu seiner Männer-Form zu überreden. Sie war in den letzten zwei Jahrhunderten die allerwichtigste Frau in seinem Leben gewesen. Er hatte sich nie ein Leben ohne Claire vorgestellt, und als ihre Mutter sie zwang, ihre Beziehung zu beenden, war er entschlossen gewesen, sie zurückzugewinnen. Es war diese Entschlossenheit, die ihn an den letzten Ort geführt hatte, von dem er jemals gedacht hatte, dass er dort hingehen würde, einen Laden, der magische Ausstattung verkaufte. Aber in der Sekunde, als er die Tür öffnete und Pema auf der Leiter stehen sah, hatte er das Gefühl, als würde ihm der Boden unter den Füßen weggerissen.

Als er jetzt vom *Black Moon* wegfuhr, kostete es ihn all seine beachtliche Stärke, um nicht umzukehren und Pema aufzusuchen. Er war in seinem ganzen Leben noch nicht so angetörnt gewesen. Sein Schwanz musste erst noch in sich zusammenfallen und war völlig an Bord bei der Idee, zurückzugehen. Die kleine Hexe war ein Anblick und er konnte sich keine makellosere Frau vorstellen. Ihr langes, seidiges blondes Haar fiel in losen Locken über ihren Rücken und lockte ihn, die Länge in seine Faust zu nehmen, während er ihren knackigen Körper nahm. Der Zwang, auf diesen Drang zu reagieren, war so intensiv, dass es schwierig war, sich auf etwas so Einfaches wie das Fahren zu konzentrieren.

Ihre meergrünen Augen waren hinreißend, und es war unmöglich gewesen, seinen Blick länger als einen Moment auf einmal von ihr abzuwenden. Am beunruhigendsten war der elektrische Strom, der durch ihn pulsierte, als sich ihre Haut berührte, was sein Herz einen Schlag aussetzen ließ. Die Erfahrung war so intensiv gewesen, dass ihm noch immer Schweißperlen auf der Stirn standen. Er konnte sich keinen Reim auf das durcheinandergebrachte Chaos in seinem Kopf machen.

Er schüttelte seinen Kopf, um ihn zu klären. Er war zu diesem Zauberladen gegangen, um einen Weg zu finden, seine Freundin, die er fast zweihundert Jahre hatte, zurückzugewinnen, und die Tüte, die den Zaubertrank enthielt, lag auf dem Sitz neben ihm. Er sollte einen Weg planen, ihn zu Claire zu bringen und ihre Probleme zu lösen, dennoch fragte er sich, ob er ihn jemals benutzen würde.

Das Bild von Pemas kilometerlangen Beinen in hautengen Jeans blitzte in seinem Kopf auf und wurde nur durch den Anblick ihrer üppigen Brüste übertroffen, die sich gegen ein grünes Top drückten, das zu ihren Augen passte. Als sie ihm in die Arme gefallen war, stellte er fest, dass ihre Kurven perfekt an ihn passten. Sie war ausnahmslos die beeindruckendste Frau, der er je begegnet war.

Er war verkrampft und angespannt und das ganze Durcheinander ließ ihn hinterfragen, ob er sich in Bezug auf Hexerei geirrt hatte. Er konnte nicht anders, als sich zu fragen, ob mehr dahinter steckte, als Kerzen anzuzünden. Die einzige Weise, wie er sich seine Gefühle erklären konnte, war, wenn diese Hexen einen Zauber auf ihn gelegt hatten. Hokuspokus-Schwachsinn.

Er fuhr an der Space Needle vorbei und parkte auf dem Parkplatz des neuen Club des Reichs, *Confetti Too*. Als er den Truck in P stellte und zu dem Lagerhaus schaute, verdrängte er die Gedanken an Pema und konzentrierte sich auf die Arbeit.

Hayden, der Omega-Wandler, hatte Ronan persönlich rekrutiert, um den Nachtclub des Reichs zu beschützen. Seit einiger Zeit wollte Ronan in seiner Welt einen Unterschied machen. Er wollte Teil von etwas Wichtigerem sein als nur betrunkene Wandler herumzuwerfen, und die Skirm-Aktivität in Seattle hatte ihn überzeugt, die Position anzunehmen, obwohl er dann Claires Mutter näher sein würde.

Er kletterte aus dem Auto und richtete seine Erektion, bevor er zu dem Gebäude steuerte, wo er auf das Chaos der Last-Minute-Vorbereitungen für die Eröffnung am nächsten Abend traf. Er entdeckte Killian, der mit einer der Kellnerinnen sprach, und ging hinüber.

Ronan wartete, während Kill der Nymphe Anweisungen gab und versuchte, seine Verstand von Pema fern zu halten, aber die Hexe im Kerzenladen verzehrte weiterhin seine Gedanken. Einer Sache war er sich sicher. Nie zuvor hatte er so glühend eine Frau gewollt wie Pema.

»Was soll ich heute für dich machen?«, fragte Ronan und spürte, wie seine Wut anstieg, um seine Verwirrung und Frustration zu maskieren. Wie bei vielen Männern war Wut seine Emotion der Wahl. Wut auszudrücken war leichter für ihn als mit der Situation umzugehen, in der er sich plötzlich befand.

»Du kannst damit anfangen, ein bisschen zu chillen, Kumpel. Die Spannungen sind hier mit der großen Eröffnung morgen Abend hoch genug.« Sein Chef beäugte ihn aufmerksam: »Okay, was ist los? Du bist gereizt.« Kill entging nie etwas, aber Ronan würde ihm auf gar keinen Fall von seiner neuen Besessenheit von der verlockenden Pema erzählen. Ronan fühlte sich allmählich wie eine Frau, er hatte fünf Minuten mit ihr verbracht und musste darüber hinwegkommen. Er erinnerte sich daran, dass er in Claire verliebt und entschlossen war, sie zurückzugewinnen.

»Tut mir leid, dieser Morgen hat sich in Scheiße verwandelt. Mir geht's gut«, versuchte Ronan seinem Chef zu versichern.

»Nein, dir geht's nicht gut. Dein Bär brennt darauf, durchzubrechen. Deine Augen sind komplett schwarz und deine Krallen ausgefahren«, wies Kill hin. Ronan schaute nach unten und erkannte, dass er Recht hatte. Er war so beschäftigt gewesen, dass ihm nicht bewusst war, dass sein Tier so nah an der Oberfläche war. Sein Bär war noch nie so rastlos gewesen, es sei denn, Ronan war bereit, die Scheiße aus jemandem zu prügeln.

»Ich kann Hayden rüberrufen, wenn du Hilfe dabei brauchst, die Kontrolle wiederzuerlangen. Die große Eröffnung ist morgen Abend und ich brauche dich in Bestform. Du bist aus einer Kleinstadt gekommen, und morgen Abend werden hier doppelt so viele Leute sein, wie du jemals an einem Ort gesehen hast. Hayden hat mir versichert, dass du der Mann für den Job bist. Hat er sich geirrt?«, fragte Killian und beäugte ihn genau.

»Nein, er hat sich nicht geirrt. Ich gedeihe im Chaos. Mach dir keine Sorgen um mich, ich bin in Ordnung«, versicherte Ronan dem Zauberer. Er holte mehrmals tief Luft, bis sich seine Krallen zurückzogen.

»Dann muss es um eine Frau gehen«, sagte Kill lachend.

Ronan spürte, wie seine Wangen warm wurden. Jetzt wurde er verflucht noch mal rot? Wenn er nicht aufpasste, würde dies sein Image ruinieren. »Claire hat mich abserviert«, sagte er zu seinem Chef, unsicher, warum er es jetzt mit ihm teilte. Er war niemand, der mit irgendjemandem über seine Beziehung sprach, geschweige denn mit jemandem, den er noch nicht lange kannte. »Ich bin zum *Black Moon Sabbat* gegangen, um nach Antworten zu suchen, aber … Frage: was ist die Geschichte von Hexen und ihre Magie?«

Kill zuckte zusammen und lehnte sich gegen die Bar. »Claire hat dich abserviert und du gehst zum *Black Moon*? Ich hoffe, du bist nicht zum *Black Moon* gegangen, um sie zurückzugewinnen, denn das wird sie anpissen, wenn sie davon erfährt. Und du willst dich nicht mit der Familie Wells anlegen.«

Ronan verschränkte die Arme vor seiner gewaltigen Brust und dachte über die Worte des Zauberers nach. Er hatte noch nie von Pema und ihren Schwestern gehört, bis er einen Kollegen gefragt hatte, wo er Hilfe bei einer Hexe suchen sollte. »Warum? Was hat es mit ihr und *Black Moon* auf sich?«

Killian sog einen Atemzug ein und ließ sie zischend wieder raus. »Wie du weißt, sind die Wells die herrschende Familie der Hexen, was bedeutet, dass sie sehr mächtig sind. Es gibt eine Prophezeiung, von der die meisten glauben, dass sie sich auf die Rowan-Drillinge und einen Machtwechsel bezieht. Einfach gesagt, die Rowans und Wells sind eine unberechenbare Mischung. Wenn ihre Magie aufeinanderprallt, willst du ganz weit weg sein.«

»Was ist das Schlimmste, was sie tun könnten? Mich mit

einem Liebestrank umbringen? Magie ist nicht in der Lage, wirklichen Schaden anzurichten.«

Killian lachte bellend. »Das ist, als würde ich sagen, dass sich ein Mann nicht in einen Bären verwandeln kann. Magie ist eine elementare Kraft in unserer Welt, die alle Aspekte unseres Lebens formt.« Kill schüttelte den Kopf. »Du hast seit über hundert Jahren mit Claire zusammengelebt. Entweder hat sie ihre Talente geheim gehalten oder du hast zu viel Zeit mit Wandlern eingepfercht verbracht. Da draußen gibt es mehr, als du begreifst.« Der Zauberer spreizte seine Finger und murmelte ein Wort in einer fremden Sprache. Blaues Licht funkte zwischen seinen Fingerspitzen.

Wow, dachte Ronan unbeeindruckt. Er konnte eine großartige Lichtshow machen, mit Schattentieren an der Wand und allem.

Ronan wollte Killian gerade bitten, eine Bärenform an die Wand zu machen, als er spürte, wie sich seine Kehle zusammenzog. Ehe er sich versah, konnte er nicht atmen und umklammerte seine Kehle. Er konnte mehrere Minuten lang die Luft anhalten, aber als der Druck stetig zunahm, geriet er in Panik.

Unsichtbare Hände waren um seine Kehle herum und würgten das Leben aus ihm heraus. Als Flecken seine Sicht sprenkelten, begann sein Bär unter seiner Haut zu zetern. Seine Finger krallten an seiner Kehle, in dem Versuch Luft zu bekommen, aber alles, was er schaffte, war, blutende Furchen zu hinterlassen. Möge die Göttin Killians neuem Club helfen, sein Bär würde bald durchbrechen und Amok laufen.

Killian murmelte ein weiteres Fremdwort und ballte die Hände zu Fäusten. Sofort ließ der Druck nach, was Ronan nach einer Lunge voll Luft ringen ließ. Er keuchte und funkelte seinen Chef an. »Was zur Hölle?«

Killian hatte einen selbstzufriedenen Ausdruck auf seinem Gesicht, den Ronan am liebsten mit seinen Fäusten wegwischen wollte. Mit einer solchen Macht gab es einen Grund für den Mann, so selbstsicher zu sein. Es ließ Ronan sich wundern, wie Skirm in der Lage gewesen waren, Killian und die Dark Warrior in der Schlacht zu schlagen, die den ursprünglichen Club *Confetti* zerstörte.

»Das war ein einfacher Strangulationszauber. Glaubst du jetzt an die Kraft der Magie?«

»Fick dich«, keuchte er.

»Ich nehme das als ein Ja. Glaub mir, das ist nichts im Vergleich zu dem, was passieren wird, wenn du die Wells verärgerst. Claire ist Celes einziges Kind und Cele ist die Hohepriesterin im Reich. Cele regiert die Hexen aus einem bestimmten Grund. Einzeln ist sie die mächtigste Hexe im Reich. Ihre Position ist auf Augenhöhe mit Hayden, Dante, Zander und Evzen.«

Alle Mitglieder des Tehrex Reichs wussten, wer die Fraktionsführer waren, Ronan hatte nur Claires Mutter noch nie in derselben Liga wie diese Männer gesehen. Er fragte sich, warum Cele sich entschieden hatte, kein Mitglied des Rats der Dark Alliance zu sein.

Ronan rieb sich den wunden Hals. »Danke. Ich werde das im Hinterkopf behalten, aber wenn du mir das jemals wieder antust, trete ich dir in den Arsch. Also, was kann ich tun, um die Dinge für morgen Abend fertig zu machen?«

Killian lachte und ratterte eine Liste mit Aufgaben herunter. Ronans Geist kehrte zu Pema und ihrem Erdbeerduft zurück. Sie wäre süß und wohlschmeckend. Tatsächlich war alles an dieser Frau bereits in sein Gedächtnis eingebrannt. Er zwang seinen Geist dazu, sich auf das zu konzentrieren, was Killian von ihm brauchte, und nicht darauf, wie sehr er Pema aufsuchen und eine Kostprobe nehmen wollte.

* * *

Pema fuhr zum x-ten Mal mit einem Lappen über das Glas. Sie hatte die letzte Stunde die Oberseite der Theke geputzt und konnte nicht aufhören, von dem auf raue Art gutaussehende Ronan zu träumen. Trotz des brennenden Räucherwerks war alles, was sie riechen konnte, sein verlockender maskuliner Moschus. Ihre Schwestern hatten sie unerbittlich geneckt.

Suvi hatte sich dämlich gelacht, während Isis angepisst auf sie gewesen war, weil sie das wollte, was sie Claires Reste nannten. Pema hätte sich über ihre Sticheleien geärgert, aber sie hatten nichts gesagt, was nicht wahr war. Sie war besessen von dem Mann und verstand nicht, warum sie die Gedanken an ihn nicht aus ihrem Kopf drängen konnte.

Sicherlich war er nicht so sexy, wie ihr Verstand es ihr sagte. Das nächste Mal, wenn sie ihn sah, würde ihre Fantasie zerschmettert werden; die Realität war nie so gut wie die Fantasie.

Zum hundertsten Mal an diesem Tag erklang das Windspiel über der Tür und ihr Kopf schnappte hoch, in der Hoffnung, dass er es war. Ihr Herz setzte aus und ihr Mund klappte auf, als er im Eingang stehen blieb, die Tür aufhielt. Ihre Blicke begegneten und verschränkten sich.

Er war zurück, und sie hatte vollkommen danebengelegen. Die Realität war so viel besser als die Fantasie. Er war bei weitem der sexyste Mann, der je erschaffen wurde. Sie stand da und gaffte wie eine Idiotin, unfähig, ihre Augen von ihm wegzureißen. Sie spürte, wie ihre Erregung nach oben schoss, und ein kleines Lächeln bog ihren Mund, als sie das verräterische Glühen in seinen Augen sah, das ihr sagte, dass er von ihr genauso berührt war wie sie von ihm.

Ein Räuspern unterbrach den Moment. Pema brach den Blickkontakt ab, um ihre Schwester warnend anzufunkeln.

»Wir haben uns vorhin nicht offiziell kennengelernt. Ich bin Isis, Pemas Schwester«, sagte Isis und streckte ihre Hand aus, um seine zu schütteln.

Pema sah zu, wie er die Tür losließ und sie leise hinter sich schloss. Das Licht, das zu dieser Tageszeit durch die Fenster fiel, hob seinen Körper perfekt hervor. Die Sonne huldigte seinem gottgleichen Körperbau. Sie sagte sich, dass sie erbärmlich war, da sie seinen warmen Blick vermisste, als er sich umdrehte, um ihre Schwester zu begrüßen. »Ich bin Ronan. Nett, dich kennenzulernen.« Pema weigerte sich zuzugeben, dass sie eifersüchtig war, dass ihre Schwester ihn berührte.

Suvi stellte sich neben Pema. »Es ist schön, dich wiederzusehen. Einige von uns sind aufgeregter als andere«, sagte Suvi lächelnd. Pema konnte sich kaum zurückhalten, Suvi zu schlagen. »Wie können wir dir dieses Mal helfen?«

Ronan richtete diesen magnetischen Blick erneut auf Pema und ignorierte Suvi völlig. »Ich hatte gehofft, wir könnten uns privat unterhalten, Pema.« Göttin, seine Stimme ließ sie in ihren Stiefeln erbeben. Und die Art, wie sich seine Zunge um ihren Namen kräuselte, ließ sie erröten und beten, dass seine Version des Sprechens das Saugen an ihren Brüsten und ihrem feuchten, weiblichen Fleisch beinhaltete. Sie musste sich selbst in den Griff bekommen. Sie hatte noch nie zuvor wegen eines gutaussehenden Mannes ihren Verstand verloren, und sie hatte nicht vor, jetzt damit anzufangen.

Sie räusperte sich wegen der Trockenheit ihrer Kehle und fand ihre Stimme wieder. »Äh, jaah, sicher. Wir haben hinten ein Büro. Folge mir«, sie deutete auf den Flur und begann zu gehen. Die Hitze seines Blicks brannte wie ein Brandzeichen auf ihrem Hinterteil und er folgte ihr.

Sie betrat den vollgestopften Raum und beschloss, die Lage zu peilen. »Bevor du etwas sagst, möchte ich dich wissen lassen, dass ich hoffe, dass du das mit Claire lösen kannst«, sagte sie zu ihm, als sie zum Schreibtisch hinüberging.

»Tust du das wirklich?«, fragte er leise. Die Hitze, die in seinem Blick brannte, ließ sie ihre Klamotten abstreifen wollen. Stattdessen ging sie auf die andere Seite des Schreibtisches, bracht so Raum und Möbel zwischen sie. Er könnte immer noch wieder mit Claire zusammenkommen, also war er tabu.

Während Pema versuchte, seine Gefühle aus seinem Gesichtsausdruck zu entziffern, fragte sie sich, warum es ihr so schwer fiel, ihm zu sagen: Ja, sie wollte, dass sie wieder zusammenkamen. »Warum sollte ich nicht? Ich habe nichts gegen Claire, egal wer ihre Mutter ist. Okay, ich gebe zu, dass ich sie nicht mag, aber wenn das dein Interesse weckt …« Sie verstummte bedeutungsvoll.

»Vor einem Tag hätte ich Ja gesagt, aber jetzt geht mir eine bestimmte Blondine nicht mehr aus dem Kopf«, grollte Ronan und krempelte seine Ärmel hoch. Er hatte Tätowierungen mit verschlungenen Triballinien, die unter seinem Shirt verschwanden. Wie konnten Arme ihr das Wasser im Mund zusammenlaufen lassen? Sie lehnte mit den Händen auf dem Rücken gegen die Wand, während sie gegen den Drang ankämpfte, ihm sein Shirt vom Körper zu reißen. Sie wollte herausfinden, wie viel mit Tinte bedeckt war, und sie dann mit ihrer Zunge nachfahren.

Sie stellte sich vor, jeden Hügel und jedes Tal seiner Arme und Brust zu erkunden. Sie malte sich aus, wie er in seiner tief sitzenden Jeans ohne Shirt aussah, als er sich bewegte und ihre Aufmerksamkeit erregte. Sie schaute auf und bemerkte, dass er sie erwartungsvoll anstarrte. Sie tadelte sich wegen der lasziven Neigung ihrer Gedanken. »Das Gefühl beruht auf Gegenseitigkeit. Ein gewisser Bärenwandler besetzt meine Gedanken. Was tun wir dagegen?« Sie wollte ihrem Verlangen nachgeben und ihn aus ihrem System bekommen. Immerhin wollte er wieder mit Claire zusammenkommen, also bestand keine Gefahr einer Beziehung.

Er stakste um den Schreibtisch herum und sie wich zurück, während er sich ihr näherte. Sobald er sie in die Enge getrieben hatte, packte er ihren Arm, was einen Stromschlag über ihre Haut schickte. Sie wunderte sich, wie die Empfindung bis in ihren Kern ging. Seine Haut zu berühren war, einfach ausgedrückt, euphorisch. Mehr als alles andere wollte sie sich an ihn lehnen und ihre Arme um seinen Hals schlingen, bevor sie seinen Mund plünderte. Sie blickte zu ihm auf, wollte ihn dazu bringen, den ersten Schritt zu machen.

»Du könntest nicht mit dem fertig werden, was ich im Sinn habe«, sagte er gedehnt mit dieser Stimme, die ihren Bauch sich vor Verlangen zusammenziehen ließ. Ja, wollte sie schreien, sie war bereit … mehr als bereit. Eine Berührung würde ihm sagen, wie bereit sie genau war.

»Ich bin mir ziemlich sicher, dass ich mit allem fertig werde, was du austeilen kannst.« Sie wusste, dass es eine kühne Aussage war, und sie spielte mit dem Feuer, aber sie wollte brennen.

Seine glühenden Augen wanderten jeden Zentimeter von ihr auf und ab, erregten sie noch mehr. »Dann bereitest du dich besser vor, kleine Hexe, denn ich habe großen Hunger.« Ja! Sie gestand sich selbst ein, dass sie mehr als glücklich war, von diesem prachtvollen Mann verbrannt zu werden.

Seine Augen glühten vor Verlangen nach ihr cognacfarben, dennoch sah er aus, als hätte er das nicht sagen wollen. Nicht dass es ihre Lust geschmälert hätte. Sie sollte Angst haben, dass ihr Verlangen nach ihm nur weiter eskaliert war. Ihr Verstand warnte sie vor Gefahr, aber ihr Körper hörte nicht zu. Sie machte sich nicht einmal die Mühe, sie auf dieselbe Wellenlänge zu bringen, sondern ließ ihren Körper vorangehen und versicherte sich, dass er keine Beziehung mit ihr wollte.

Er war zu ihnen gekommen und hatte um einen Weg gebeten, wie er Claires Herz zurückgewinnen konnte. Es wäre verdammt heißer Sex zwischen ihnen, nichts Ernstes. Nichts Ernstes war das, was sie tat, und sie wollte das mehr, als gut für sie war.

Ihr logisches Denken nahm diesen Moment, um zurückzukehren, und sie geriet in Panik. Er konnte kein Typ für einmal sein, wenn man bedachte, dass er seit zweihundert Jahren mit jemandem zusammen war. Sie weigerte sich, sich auf irgendeine Art von Beziehung einzulassen. Sie wollte ihn, aber …

»Ich kann sehen, wie sich die Räder in deinem hübschen kleinen Kopf drehen. Denk nicht zu viel darüber nach. Küss mich.« Er unterbrach ihre innere Debatte und streichelte ihre Wange, was ihr Schauer über den Rücken jagte.

»Ich denke nicht zu viel darüber nach. Es ist nur so, dass ich mich mit jemandem treffe«, log sie, als sie in sein hübsches Gesicht aufblickte. Seine Augen wurden blitzend schwarz vor Wut und er packte sie an den Armen. Sie war jetzt in Schwierigkeiten … Die Art von Schwierigkeiten, die sie liebte.

KAPITEL DREI

Ronan fühlte sich wie ein Vulkan, der bereit war auszubrechen, aber im Moment war es ihm scheißegal. Wenn er ehrlich zu sich selbst war, hatte er seit dem Moment, als er vor Stunden in den Laden spaziert war, keine Kontrolle mehr. Aus irgendeinem Grund feuerte Pema all seine Sinne auf Hochtouren, was ihn wahnsinnig machte. Er hatte sich auf den Weg nach Hause gemacht, ohne die Absicht, in den Laden zurückzukehren, aber hier war er allein mit ihr im Hinterzimmer, bat um einen Kuss und hoffte auf mehr.

Sein Plan war seit Wochen gewesen, einen Weg zu finden, Claire zurückzugewinnen, und jetzt war er wahnsinnig vor Eifersucht wegen Pema. Im Moment war Claire eine ferne Erinnerung.

Der Gedanke daran, dass Pema mit einem anderen Mann ins Bett ging, ließ ihn durchdrehen. *Wird verflucht noch mal nicht passieren.* Es war an ihm, ihr Vergnügen zu bereiten, und er musste ihr zeigen, was niemand sonst ihr zu geben vermochte. Er versuchte, seinen Feuereifer zu zügeln, aber vernünftiges Denken war nicht in seiner

Macht. Er stieß sie grob gegen die Wand und knurrte sie an, sein Grizzly wollte seine Zähne in die zarte Haut ihres Halses schlagen und sie festhalten, während er ihren Körper nahm. Er war zu sehr in den Moment versunken, um sich von der Tatsache stören zu lassen, dass sein Grizzly nie etwas mit Claire zu tun haben wollte, der einzigen Frau, die er je geliebt hatte.

Er hielt nur knappe Millimeter vor ihrem Mund inne und nahm ihre keuchenden Atemzüge als seine eigenen. »Lügner«, beschuldigte er und schloss die Lücke.

Sie raunte und murmelte: »Du hast mich erwischt, da ist niemand sonst.« Er lächelte und beanspruchte zum ersten Mal ihren Mund.

Ihre Lippen waren weich und zum Anbeißen und schmeckten nach reifen Erdbeeren. Ronan hatte noch nie etwas wie ihren betäubenden Kuss gespürt. Ein Knurren arbeitete sich seinen Weg seine Kehle hoch. Er würde sie haben, und nichts anderes zählte. Er wollte, dass sie blindwütig war und sich vor der Leidenschaft, die *er* hervorrief, an ihm wand.

Er leckte und knabberte an ihr, bis sie ihre Lippen für ihn teilte. Als sie ihren Mund öffnete, nutzte er das vollkommen aus und tauchte tief ein. Ein elektrischer Funke versetzte seiner Zunge einen Schlag, als sie ihre berührte, machte seinen Schwanz hart wie Stein. Er hatte sich nie wirklich um Küsse geschert, wollte die Intimität nicht, und tatsächlich hatte er sich mit Claire dem selten hingegeben. Was für ein Narr er gewesen war, aber andererseits hatte es sich für ihn sicherlich noch nie so angefühlt.

Sein Verstand wurde leer, als seine Lust das Steuer übernahm. Er griff nach einer Handvoll ihrer Haare und zog ihren Kopf zurück, gröber als beabsichtigt, aber ihren lustvollen Geräuschen und dem Duft ihrer Erregung nach zu urteilen, störte sie das nicht. Sie war keine welkende Blume, und er kam fast in seiner Hose, als sie versuchte, seinen Körper zu erklimmen. Er liebte es, wie aggressiv sie war.

Er gab sich den Empfindungen hin und betete, dass sie ihn hundertmal zum Höhepunkt bringen würde. Er dankte der Göttin, dass er ein mächtiger Bärenwandler war und wenig bis gar keine Refraktärzeit hatte, was bedeutete, dass er die ganze verfluchte Nacht lang konnte, wenn sie ihn ließ. Seine freie Hand schlängelte sich an ihrer Seite hinab, sein Daumen strich dabei über die äußere Wölbung ihrer Brust.

Er musste ihre Haut spüren, bevor er wahnsinnig wurde, und schob eine Hand unter den Saum ihres Oberteils. Sie war weich wie Rosenblätter und er fiel fast wie das rasende Biest, das er war, über sie her. Er wollte seinen Triumph herausbrüllen, als sie ihr Bein hob und es um seine Hüfte schlang. Die Handlung brachte seinen harten und erigierten Schaft in direkten Kontakt mit ihrem geschmolzenen Kern und sie murmelte: »Jemand späht heraus und will spielen. Mmmm, gefällt mir.« Er blickte nach unten und sah, dass sein ungezügelter Schwanz am Hosenbund seiner Jeans vorbeigeschlichen war. Sie hatten definitiv zu viele Klamotten an.

»Dann wirst du lieben, was als nächstes kommt«, erwiderte er und beanspruchte erneut ihren Mund.

Er schwelgte im Gefühl ihrer weichen Haut, während seine Hand ihren weichen Bauch hinauf zu ihren Brüsten streifte, wobei sich ihre Lippen zu keiner Zeit trennten. Schließlich hatte er eine ihrer Brüste in seiner Hand gepackt, ihre kecke Brustwarze drückte sich durch die Seide ihres BHs in seine Handfläche. Sie war so zugänglich, rieb sich an ihm, raunte und griff nach seinem Shirt. Blitzschnell hatte sie den Stoff über seinen Kopf.

Er schob ihre Hände weg, als sie als nächstes nach seiner Hose strebte. Er hatte vor, sie vollständig zu erkunden, und wenn sie es schaffte, ihn nackt zu bekommen, würde er nicht aufhören können. »Nicht jetzt, Liebes. Ich werde dich zuerst verschlingen. Ich bin ein Bär, Baby, und ich brauche deinen Honig.«

»Oh, Göttin in *Annwyn*. Wir sollten nicht … aber, verdammt«, nuschelte sie an seinem Mund.

»Wir werden jetzt gerade nicht denken, nur fühlen. Lass mich dich vögeln«, verlangte er. Er musste in ihrer engen, heißen kleinen Scheide versinken, sonst würde er sicher in Flammen aufgehen. Er steckte zu tief drin, und sie zum Glück auch.

»Sex. Nur Sex«, murmelte sie an seinen Lippen. Ihre Worte verursachten einen Schmerz in seiner Brust. Er fragte sich kurz, ob der Schmerz von ungestilltem Verlangen, Enttäuschung oder der Tatsache verursacht wurde, dass er Sex mit jemand anderem als Claire haben würde. Er hatte vierhundert Jahre damit verbracht, als Bär zu leben, bevor sie ihn fand und ihn zu seiner menschlichen Form überredete. Claire war die einzige Frau, mit der er jemals Sex gehabt hatte, aber als Pema in sein Ohr biss und sich ihren Weg zu seinem Hals küsste, lösten sich seine Gedanken im Handumdrehen auf.

Er ließ ihr Haar los und hatte ihr Shirt über ihrem Kopf, bevor sie noch einmal Luft holte. Er nahm sich einen Moment Zeit, um den Anblick ihrer Brüste wertzuschätzen, die durch ihr Verlangen gegen den spärlichen Stoff anschwollen. Ihre Brustwarzen perlten wie die reifen Beeren, die er immer im Wald fand, und verdammt, er liebte diese Beeren.

Er lehnte sich herunter und saugte eine Brustwarze in seinen Mund, biss sie durch den Stoff. Er kostete ihren Schrei des Vergnügens aus. Er zog sich zurück und der Anblick des feuchten Gewebes und des sich angespannten Fleisches ließ ihn härter werden, als er für möglich gehalten hatte.

Ronan drehte sie herum und drückte sie gegen die Wand, genoss ihr Keuchen, als er ihren BH aufhakte. Sie musste von Anfang an wissen, wer das Sagen hatte. Sie ließ ihre Arme fallen und die Seide fiel auf den Boden. Sie blickte über ihre Schulter zu ihm zurück und er starb fast bei dem Ausdruck auf ihrem Gesicht. Ihre Augen waren glasig vor Verlangen und ihre Lippen waren von seinen Küssen rot und geschwollen. Wenn es nach ihm ginge, würde sie immer so aussehen.

»Leg deine Hände an die Wand und beweg dich nicht«, befahl er. Sie schenkte ihm das sexyste Lächeln, das er je gesehen hatte, voller Versprechen und Intrige.

»Ja, Sir«, antwortete sie frech. Er klatschte auf ihren prächtigen Arsch, was ihr ein Stöhnen entlockte. Er wusste, wenn er so weitermachte, würde sie allein durch seine Klapse auf ihren Hintern zum Orgasmus kommen.

»Das gefällt dir«, murmelte er nahe an ihrem Ohr und klatschte ihr erneut auf den Arsch. Sie stöhnte als Antwort und er gluckste bei ihrem inbrünstigen Nicken. Mit ihr zusammen zu sein war so natürlich, dass es ihm einen Moment lang Angst machte. Die Fragen und Sorgen, die hochwallten, waren rasch vergessen, als sie ihren Arsch an seiner Leiste rieb.

Ronan knurrte und lehnte sich mit seinem vollen Gewicht gegen ihren Rücken, küsste ihren Nacken und biss in ihr Ohrläppchen, während er um die Vorderseite ihrer Skinnyjeans griff. Der Knopf gab nach und er hatte den Reißverschluss unten, bevor er aufgab und das Material von ihrem Körper riss.

Er küsste sich einen Weg ihre Wirbelsäule herunter und liebte es, wie sie sich wand und sich darüber beschwerte, dass er sie zu sehr neckte. Als sich ihre Hose neben ihnen auf dem Boden sammelte, stand er auf und umfasste ihren Hintern, drückte ihn fest. »Dieser süße Arsch gehört mir.«

Er war sich nicht sicher, woher die Verkündung kam, hatte aber nicht den Wunsch, die Worte zurückzunehmen.

Sie bog sich herum und stellte sich auf die Zehenspitzen. »Mein Arsch gehört niemandem«, hauchte sie an seinem Ohr. Er spürte, wie sie zubiss, wo seine Schulter auf seinen Hals traf, und dann über den Stich leckte. So verdammt gut. Er hatte noch nie Schauer von sexuellen Spielen gehabt, aber zur Hölle, wenn sie nicht in diesem Moment durch seinen Körper reisten.

Er zog sie bündig an seinen Körper. Er stöhnte bei dem Gefühl ihres feuchten weiblichen Fleisches, das die Spitze seines Schafts berührte, wo dieser seinen Begrenzungen entkommen war. Es brachte ihn fast auf die Knie. Es war besser, als er es je mit so wenig Kontakt für möglich gehalten hätte.

Er war bei dem Gedanken, tatsächlich Sex mit ihr zu haben, sowohl aufgeregt als auch voller Beklommenheit. Er hoffte, dass er sich nicht blamierte und seinen Samen beim ersten Stoß verlor. »Dein Körper erzählt eine andere Geschichte, kleine Hexe.«

Er ließ seine Hüften rotieren und schluckte ihr Keuchen. »Woher willst du das wissen?«, raunte sie an seinem Mund, »du hast die Sprache, die mein Körper spricht, noch nicht gelernt.«

Er schlang einen Arm unter ihr keckes Hinterteil und hielt sie hoch, während er die Finger seiner freien Hand zwischen ihre Körper gleiten ließ. Er fand ihr kleines Bündel aus Nerven leicht. Es pochte und bat ihn um Aufmerksamkeit. Er kniff und neckte ihren Kitzler und bald ritt sie mit Hingabe seine Hand. Er beobachtete, wie ihr Kopf hin und her schlug, wobei ihre langen, blonden Locken über seine nackte Brust und Arme tanzten.

»Ich lag falsch«, keuchte sie. »Heilige Scheiße ... Ich war noch nie glücklicher, falsch zu liegen.« Seine Finger hielten an ihrem Eingang inne, die Hitze verbrühte ihn. Er senkte langsam einen Finger hinein, dann einen weiteren und drückte seinen Daumen gegen ihren Kitzler. Sie wurde wild, bockte und rieb sich an ihm. Ihre Muskeln klammerten sich um seine Finger, sie war kurz davor.

»Meins«, knurrte er und seine Augen weiteten sich schockiert. Er hatte keine Ahnung, woher die Beteuerung kam, von ihm oder seinem Bären. Wenn er nicht bald in sie kommen würde, würde er wahnsinnig werden. Er zog seine Finger aus ihr und legte sie an seinen Mund. Ihr Geschmack war wie Ambrosia.

»Kann nicht«, murmelte sie kopfschüttelnd. »Will dich so sehr … sollte das nicht tun … hör nicht auf.«

Aufhören? Er würde nie aufhören. »Pema«, sagte er ihren Namen, ein Versprechen und eine Beschwörung.

Sie legte ihre Hände auf seine Brust, grub ihre Nägel hinein, während sie gegen ihn drückte, ihn wegstieß. »Wir müssen aufhören … das ist zu viel.« Sie hörte jetzt auf? Wenn sie so kurz davor war? Er dachte kaum zusammenhängend und wollte nicht aufhören. Diese Tatsache machte ihm Angst, denn schließlich wollte er Claire zurückgewinnen. Richtig?

Sie holte mehrmals tief Luft, was dazu führte, dass ihre perlenden Brustwarzen seine Haut berührten. Er schloss seine Augen, sammelte seine Geduld. Er würde an unverbrauchter Lust sterben. Nach einigen stillen Momenten öffnete er seine Augen und schaute in ihre glasigen meergrünen Augen.

»Scheiße … du hast Recht«, keuchte er, nahm all seine Sinne zusammen und zog sein Shirt wieder an. Er hielt ihren Blick für eine gefühlte Ewigkeit und wartete darauf, dass sie etwas sagte, bevor er sich zwang, zu gehen.

* * *

Cele beobachtete, wie ihre Tochter in der Küche auf und ab ging, während sie mit wild um sich schlagenden Armen schimpfte. »Ich kann nicht glauben, dass Ronan nach einer Rowan schmachtet. Kenny hat mir erzählt, dass er zufällig gehört hat, wie Ronan mit Killian über sie gesprochen hat. Er sagte, es sei mehr als offensichtlich, dass er an Pema interessiert sei. Warum war es so wichtig für mich, meine Beziehung mit ihm zu beenden? Ich habe dir gesagt, dass ich ihn liebe, und jetzt, Wochen später, hat er mich vergessen und ist mit einer Rowan weitergezogen!«

Cele war wegen der Aussagen ihrer Tochter fassungslos. Sie hatte sie eines Besseren belehrt. Eine Wells erlaubte sich nie, wegen eines Mannes so aufgelöst zu sein. Männer sollten zum Vergnügen benutzt und ausrangiert, nie behalten und nie umkämpft werden. Ganz zu schweigen davon, dass der Mann, den ihre Tochter begehrte, ein mickriger Gestaltwandler war. Männer sollten wegen ihrer Macht und dem, was man von ihnen gewinnen kann, ausgewählt werden. Cele bedauerte nicht, dass sie ihre Tochter dazu gezwungen hatte, die Beziehung zu Ronan zu beenden. Diese kleine Zurschaustellung Claires bewies, dass es zu weit gegangen war.

Cele hatte Claires Vater mit großer Sorgfalt aus einer Auswahl der mächtigsten Hexen ausgewählt. Als Cele die Position der Hohepriesterin übernommen hatte, hatte sie dunkle Magie eingesetzt, um von ihrem Schicksalsgefährten zu erfahren. Als sie entdeckte, dass er ein schwacher Gestaltwandler war, war sie gezwungen gewesen, ihn zu eliminieren. Cele brauchte Jahrhunderte und den Einsatz ebendieser dunklen Magie, um mit Claire schwanger zu werden. Sie hatte von Hand einen mächtigen Hexer als den Vater ausgesucht.

Cele hatte gehofft, die prophezeiten Beseelten Drillinge zur Welt zu bringen. Als dies nicht geschah, war sie entschlossen, dass ihr Erbe die mächtigste Hexe im Reich sein würde, und sie würde alles tun, um dies sicherzustellen. Das war der Grund, warum sie die prophezeiten Rowan-Drillinge zwingen würde, ihre Macht an sie abzutreten.

Cele hatte seit deren Geburt vor siebenundzwanzig Jahren nach Methoden gesucht, um die Kraft der Drillinge abzusaugen und zu verwenden, und sie war näher dran als je zuvor. Sie brauchte alle drei Hexen lebend, damit sie ihr ihre Magie überlassen konnten. Sie hatte bereits einen Diamanten, der rein genug war, um ihre Macht nutzbar zu machen. Mit der an den Diamanten gebundenen Macht wäre Cele endlich in der Lage, das Reich zu übernehmen und diesen lästigen Rat ein für alle Mal zu unterwerfen. Sie würde Claires Verliebtheit nicht dazwischenkommen lassen.

Sie wäre nicht aufzuhalten, und ihre Tochter würde ihren Platz als Hohepriesterin einnehmen, wenn sie verstarb, um sicherzustellen, dass ihre Herrschaft fortgesetzt wurde. Darin würde sie nicht scheitern. Sie durfte nicht scheitern, sonst würden sie und ihre Tochter die Konsequenzen tragen. Sie erinnerte sich an die Prophezeiung des Orakels an den Hohen Rat vor Hunderten von Jahren zurück.

Wenn die Erde dreimal den Mond verschlingt, das Schicksal seinen Preis erbringt. Diejenigen, die nicht bestimmt sind, tragen der drei und die Geburt der Beseelten gibt den Schlüssel frei. Schicksal plus drei, es wuchs die Macht, neu gefundenes Gleichgewicht und vernichtete Niedertracht.

Die rätselhafte Prophezeiung hatte Cele aufgewühlt und sie hatte das Orakel nach dem Ende des Treffens befragt. Die Vettel hatte Cele darüber informiert, dass sie die Niedertracht sei, die vernichtet werden würde. Wütend hatte Cele dem Orakel gesagt, dass ihre Prophezeiung, dass Drillinge ihr Untergang seien, niemals zum Tragen kommen würde … kurz bevor sie ihr die Kehle durchschnitt. Sie schwor sich damals, dass nichts ihr Streben nach Macht aufhalten würde, und sie würde jetzt nicht aufgeben, weil ihre Tochter irgendein von Flöhen befallenes Tier haben wollte.

»Mutter, hörst du mir zu?«, verlangte Claire.

»Ich frage mich, warum du wegen diesem Mann so aufgebracht bist. Du musst diesen schwachen Bären vergessen und dich beruhigen. Du bist eine Wells; fang an, dich wie eine zu benehmen.«

»Ich habe meine Fassung nicht verloren. Ich lasse Luft ab und plane die besten Wege, um Pema zu eliminieren, wenn du zugehört hättest. Ich habe gefragt, wie ich sie töten soll«, schnaubte Claire und legte ihre Hände auf die Hüften, der Inbegriff von Empörung.

Ach, wenn es nur so einfach wäre, dachte Cele bitter. Claire hatte keine Ahnung, in welches Wespennest sie stocherte. Pema und ihre Schwestern hatten die Macht, ihrer Tochter Schaden zuzufügen, und sie musste schnell denken, um ihr kleines Mädchen zu beschützen.

»Ich habe dir gesagt, du sollst dich beruhigen«, bellte sie und schob die versenkbare Schiebetür zur Küche zu. Sie musste ihrer Tochter mehr Diskretion beibringen. Es waren zu viele Ohren da. »Du kannst nicht rumlaufen und diesen Hexen so offen drohen.«

Sie schnappte sich zwei Weingläser und öffnete eine Flasche Merlot, dann führte sie Claire zu einem Barhocker. »Diese Angelegenheit verdient kaum deine Aufmerksamkeit. Es gibt reichlich andere Männer, mit denen du dich amüsieren kannst. Ich verstehe, dass du dir nichts aus den Drillingen machst, aber sie sind der Schlüssel zu unserer Herrschaft über das Reich.«

Claire nahm ihr Glas Wein mit einem Schmollmund an. »Ich will keinen anderen Mann. Ich liebe Ronan und ich vermisse es, mit ihm zusammen zu sein. Ich erwarte nicht, dass du es verstehst. Erinnerst du dich überhaupt, was Vergnügen ist? Wie lange ist es her?«, höhnte Claire lächelnd.

Cele hasste es, wie unreif ihre Tochter gelegentlich war und wollte sie erwürgen. Sie war eine jahrhundertealte Hexe, saß aber besessen von dieser Situation da und es machte Cele wahnsinnig. Claire war aber schon immer so gewesen. Sie wollte etwas und jammerte darüber, bis Cele alle notwendigen Mittel einsetzte, um sicherzustellen, dass sie es hatte.

»Hör auf und denk nach, Tochter. Ronan spielt im großen Plan des Lebens keine Rolle. Such dir einen anderen Mann und mach weiter.« Claire sollte ihrem Rat besser folgen, sonst würde sie es bereuen. Die Wahrheit war, dass Cele Ronan töten würde, bevor sie es Claire erlaubte, Pema Schaden zuzufügen. Sie brauchte die Macht aller drei Schwestern vereint, und der Tod einer von ihnen machte ihren Zweck zunichte. Nichts, nicht einmal Claire, würde sie daran hindern, die Macht der Drei zu erlangen.

KAPITEL VIER

Pema verfluchte ihre Dummheit. Sie sehnte sich schmerzlich und summte immer noch von Ronans Berührung. Es hatte all ihre Willenskraft gekostet, ihn wegzustoßen und dem, was versprochen hatte, der beste Sex zu werden, den sie je hatte, ein Ende zu bereiten.

So nahe sie dem Höhepunkt auch war, ihrem Liebesspiel Einhalt zu gebieten, war eine ihrer blöderen Entscheidungen gewesen. Sie hatte sich an Ort und Stelle verankert und sich geweigert, ihn aufzuhalten, als er aus dem Raum gestapft war. Sich an sein sexy Knurren, seine harte, muskulöse Brust und den Anblick seines langen, dicken Schafts zu erinnern, der aus seiner Jeans kletterte, half ihr nicht, sich zu beruhigen. Sie machte ihren Verstand leer und atmete mehrmals tief durch, bevor sie schließlich ihre fünf Sinne genug beisammenhatte, um das Büro zu verlassen.

Es war eine Erleichterung, dem Geruch seines männlichen Moschus und ihrer kombinierten Erregung zu entkommen, die nur dazu gedient hatte, dass sie weiter nervös blieb. Sicher, sie vermisste den Mann hinter dem Geruch und wollte ihn mit einer ungesunden Verzweiflung, aber sie weigerte sich, ihrem Verlangen nachzugeben. Ihr hatte sein Anspruch auf sie viel zu sehr gefallen, und ihr Verstand hatte mit einem eigenen Anspruch reagiert. Es ließ sie hinterfragen, was zwischen ihnen war, also musste sie ihn aufhalten.

Sie wollte keine Beziehung. Sie wollte nie etwas entwickeln, das entzweigerissen werden konnte. Zu sehen, wie ihre Mutter ihrem Schicksalsgefährten nachgab und das Herz ihres Vaters zerschmetterte, hatte ihre Familie auseinandergerissen. Es hat Pema am Boden zerstört, ihren Vater in diesen letzten paar Monaten zu beobachten, und sie hatte sich geschworen, dass das nie sie sein würde.

Alle im Reich waren aufgeregt gewesen und feierten die Rückkehr des Segens der Schicksalsgefährten nach sieben langen Jahrhunderten. Alle außer ihr und ihrem Vater. Wenn Pema die Situation ihres Vaters zu den Geschichten hinzufügte, wie ihre Großmutter innerhalb weniger Tage nach dem Tod ihres Großvaters verkümmert war, sollte Pemas Meinung nach alles, was mit Verpaarung zu tun hatte, vermieden werden. Pema stakste den Flur entlang, suchte nach ihren Schwestern. In ihrer Nähe zu sein würde sie ins Gleichgewicht und ihre Vernunft zurückbringen.

Sie hörte mit, wie Isis mit Suvi sprach. »Ich kann nicht glauben, dass Pema mit Claires Wandler zur Sache gegangen ist. Was zur Hölle denkt sie sich?« Pema runzelte, angesichts des Gesprächs zwischen ihren Schwestern, die Stirn. »Das könnte uns mit Cele eine scheiß Menge an Problemen bereiten. Verdammt noch mal, als müssten wir ihr einen weiteren Grund geben, uns ins Visier zu nehmen!«

»Entspann dich, Schwesterchen. Er ist ein steiler Zahn, das hat sie gedacht. Ich bin ehrlich überrascht, dass es nicht länger gedauert hat. Ich hätte ihn dort tagelang, wochenlang, scheiße, monatelang behalten. Und muss ich dich daran erinnern, dass Claire, was auch immer sie mit dem Gestaltwandler hatte, beendet hat, also gehört er nicht Claire«, sang

Suvi. Pema hatte die Ladenfront erreicht und sah, dass Suvi auf der Leiter stand, wo sie die Kerzen abstaubte. Pema war einen Moment lang von der Tatsache abgelenkt, dass Suvi mit fünfzehn Zentimeter hohen Absätzen auf einer kleinen Holzleiste stand. Der Anblick roch förmlich nach einer Katastrophe.

Dann registrierte sie deren Worte und war verärgert. Sie brauchte ihre Kritik nicht, sie brauchte ihre beruhigende Gegenwart. Weitaus ärgerlicher und beunruhigender war die Tatsache, dass ihr der Gedanke nicht gefiel, dass außer ihr jemand Ronan tagelang irgendwo behielt. Ein seltsamer Schmerz erblühte in ihrer Brust. Sie hatte im Augenblick keine Zeit, das auszuwerten.

Ihre besitzergreifenden Gefühle waren viel zu gefährlich und lächerlich. Sie hatte kein Recht, Ansprüche auf ihn geltend zu machen. Ja, er war ein leidenschaftlicher Mann und hatte ihre Gefühle wiedergegeben, aber sie sah die Erleichterung in seinen Augen, als sie ihrer Sexkapade Einhalt gebot. Der Schmerz in ihrer Brust verschärfte sich. Es war keine Enttäuschung, sagte sie sich und versuchte, die Lüge zu glauben.

Alles, woran sie denken konnte, war das Bild von ihm, wie er sich zu Claire aufmachte und von dem erigierten Schwanz, mit dem er gegangen war, Gebrauch machte. Der Gedanke machte sie wütend. Wenn dieser Bär wusste, was gut für ihn war, würde er es nicht tun. Der Anspruch, dass er ihr gehörte, stürmte in ihr Gehirn. Sie biss die Zähne zusammen und ballte die Hände zu Fäusten. Er war nicht ihr Mann, sie hatte keinen Anspruch auf ihn und würde das auch nie. Pemas Wut flammte auf und sie erkannte den Moment, als Isis diese Wut absorbiert hatte, weil mehrere Gläser explodierten.

Pema und Suvi zuckten zusammen und schützten ihre Gesichter, als die Glasgefäße zersprangen und Stücke in alle

Richtungen flogen. Als sich die Trümmer gelegt hatten, holte Pema mehrmals tief Luft, erlaubte ihren Gefühlen, sich zu beruhigen, und tadelte sich, da sie die Kontrolle verloren hatte. Sie wusste besser als die meisten, wie Isis negative Energien von ihr und Suvi absorbierte.

»Geht's dir gut?«, fragte sie und warf Isis einen Seitenblick zu, um ihre Reaktion abzuschätzen. Isis stand starr mit fest verkrampften Kiefern und Fäusten da. Nach einigen Momenten spreizte Isis ihre Finger und entließ ihre Magie sicher in den Zementboden. Dies war einer der Gründe, warum sie den Zementboden verlegt hatten. Er konnte die meiste Energie absorbieren, ohne ihre Umgebung zu beschädigen.

Pema erinnerte sich an die Zeit, als die *Callieach* in Flammen aufging. Einige der anderen Schüler hatten sich über Suvis zerrissene und geflickte Jeans lustig gemacht. Suvi schrie der Gruppe wütende Zaubersprüche zu, als Pema und Isis das Gebäude verließen. Alles ging drunter und drüber und ein Feuer brach aus. Während die Erwachsenen die Flammen löschten, saßen sie abseits von allen anderen und ertrugen die ängstlichen Blicke der anderen Kinder.

Erschrockene Gerüchte verbreiteten sich darüber, dass die drei die Akademie zerstörten. Mit zehn Jahren hatten sie nicht genau verstanden, was passiert war. Erst bei ähnlichen Episoden von zerbrechenden Lampen und Glassplittern, jedes Mal, wenn Isis wegen etwas wütend war, erkannten sie, dass sie es gewesen war. Als junge Teenager entdeckten sie, dass Isis ihre Emotionen absorbierte, als Pema im Treppenhaus ihres Apartmentkomplexes von einem Jungen in die Enge getrieben wurde. Isis kam hinauf, als der Junge davonschlich. Sie war sich nicht bewusst, dass Pema wegen seiner ungewollten Annäherung wütend war, aber das Deckenlicht war zersplittert.

Ein Lächeln bog Pemas Lippen. Das Abbrennen von

Celes Ausbildungszentrum war der Höhepunkt ihrer kurzen Zeit mit Schulbildung gewesen. Die Erinnerung war Mahnung genug für Pema, die Kontrolle zu bekommen. Sie würde keinen weiteren Schaden für ihr hart verdientes Geschäft riskieren. Wie die Dinge lagen, hasste sie es, dass sie bereits die Ursache für auch nur geringfügigen Schaden gewesen war. Es wäre teuer, sie zu ersetzen, und ihr fiel keine Möglichkeit ein, etwas des Verlusts auszugleichen.

»Pema! Zuerst bumst du Claires Typen und jetzt bringst du mich dazu, unsere Teegläser in die Luft zu jagen. Die wurden aus Indien importiert, verdammt noch mal«, blaffte Isis.

Pema holte bei der Erwähnung, dass Ronan Claire gehört, noch einmal tief Luft und hielt den Atem an, weil sie sich nicht wieder aufregen wollte. Claire hat, welche Beziehung auch immer sie mit Ronan hatte, beendet, damit jedweden Anspruch, den sie auf den sexy Wandler hatte, aufgehoben. »Ich werde neue bestellen«, sagte sie mit zusammengebissenen Zähnen. »Aber im Moment brauche ich eure Hilfe, vorzugsweise ohne die Kommentare.«

Suvi gluckste und stieg die Leiter hinab. Pema war schockiert, wie behände ihre Schwester in diesen Schuhen die Stufen bewältigte. Es war wirklich beeindruckend. »Jaah, wir wissen, was passiert ist. Ich bin überrascht, dass du die verbotene Frucht nicht immer noch genießt.« Pema stöhnte bei den Neckereien ihrer Schwester. Sie würden unerbittlich sein.

»Jaah«, sagte Isis lachend, während sie sich an ihre Auslage mit mondgeladenen Kristallen lehnte. »Was war das Problem? Vielleicht war seine Frucht eher klein.«

Ihr Lachen und Necken endete abrupt und Pema stellte fest, dass ihr die Qual ins Gesicht geschrieben stand. Isis begegnete ihrem Blick, dann streckte sie ihre Hand aus und ergriff ihre. Suvi schnappte sich Pemas andere Hand. Sofort wurde die Anspannung in ihrer Brust weniger. Das war genau das, was sie brauchte. Die Verbindung zu ihren Schwestern durchbrach schließlich den sinnlichen Dunst und die verrückten Impulse, erdete sie.

»Er hat einen Schwanz wie ein Pferd und ich wünschte, ich wäre in diesem Raum und würde ihn reiten, anstatt hier mit euch beiden zu stehen.« Pema stieß einen Atemzug aus. »Mein Kopf wurde verdreht und ich bekam Angst. Das Schlimmste daran war, dass ich von dem ganzen nicht einmal einen Orgasmus hatte.«

»Was hat das Arschloch mit dir gemacht?«, spie Isis aus. Sie schätzte es, wie ihre Schwestern zu ihrer Verteidigung kamen. Sie hatten sich immer gegenseitig den Rücken freigehalten und würden es immer tun.

Sie schaute auf und lächelte ihre Schwester an. »Er hat nichts gemacht, was ich nicht ermutigt habe. Es geht mehr um diese kleine Stimme in meinem Kopf, die ihn beanspruchen wollte, und damit war ich nicht allein. Ich kann das Gefühl, das ich hatte, als er mir gegenüber ganz besitzergreifend wurde, nicht erklären, aber es war nicht meine übliche Abneigung. Ich habe mich noch nie so gefühlt, und es war zu viel. Du weißt, das bin nicht ich.« Liebe war gleichbedeutend mit Herzschmerz und Verlust, und sie würde niemals ein Teil davon sein.

Isis drückte ihre Finger und Suvi ergriff Isis' freie Hand, vervollständigte damit ihren Kreis. Magie kribbelte von Pemas Fingerspitzen, ihre Arme hinauf und flutete ihren ganzen Körper. Das Gefühl ihrer vereinten Magie war wie eine Million winziger Bläschen, die in ihren Adern sprudelten. Verbunden mit ihren Schwestern konnte sie sich jedem Hindernis stellen, das ihr in den Weg kam. »Ich kann meinen Ohren nicht trauen. Du und Anspruch auf jemanden erheben?«, fragte Isis kopfschüttelnd, was ihr rotes Haar fliegen ließ.

»Ich habe nie verstanden, warum du so gegen eine Beziehung bist«, murmelte Suvi zur selben Zeit. Pema funkelte ihre jüngste Schwester an. Zeitweise lebte sie in den Wolken.

»Wie kannst du das sagen? Seit Mom ihn verlassen hat, hat Dad sein Haus kaum verlassen. Und du weißt, wie Oma starb, nachdem Opa getötet wurde. Ich möchte niemals mein Herz aufs Spiel setzen, nur um es später so brutal zerschmettert zu bekommen. Nein danke, das ist nichts für mich«, antwortete Pema.

Bei der Erwähnung ihrer Eltern wurde Pema an die Tatsache erinnert, dass sie nicht mit ihrer Mutter sprach. Die Gründe für ihren Mangel an Kommunikation ließen Pemas Herz vor Traurigkeit und Bitterkeit schmerzen.

Ihre Eltern, Keri Reinhart und Greg Rowan, gehörten zu den Raritäten im Reich. Sie waren keine Schicksalsgefährten, was bedeutete, dass sie keine gemeinsamen Kinder haben sollten. Wenn nicht vom Schicksal bestimmte Paare Kinder bekamen, wurden sie die Beseelten genannt, und wie durch ein Wunder hatten ihre Eltern Drillinge bekommen. Bis vor kurzem hielt Pema ihre Eltern für wahnsinnig verliebt und unzertrennlich. Das änderte sich in dem Moment, als ihre Mom ihren Schicksalsgefährten fand.

Es war Pema unmöglich, ihren Vater so untröstlich zu sehen und nicht wütend zu werden. Sie war schockiert, dass ihre Mutter ihren Vater so verraten konnte, wie sie es getan hatte. Ihre Mutter hatte mit einem anderen Mann geschlafen, und innerhalb von ein paar Tagen hatte Keri Greg nicht nur betrogen, sie hatte ihn verlassen und den Mann vernichtet, den sie jahrhundertelang geliebt hatte.

Ein Teil von ihr wollte mit ihrer Mutter in Kontakt treten, aber jedes Mal, wenn sie darüber nachdachte, wurde sie aufs Neue wütend. Und selbst es zu erwägen, fühlte sich wie ein Verrat an ihrem Vater an. Pema rieb sich den

Schmerz in ihrer Brust und schob die negativen Erinnerungen in eine Kiste, zog sich zurück in die Gegenwart.

»Nur weil sie schlechte Erfahrungen gemacht haben, heißt das nicht, dass du das auch tun wirst. Du musst bedenken, dass Mom nicht falsch lag, ein Leben mit ihrem Gefährten aufzubauen. Es ist der Wille der Göttin. Du hast nicht einmal innegehalten, um Mom zu fragen, wie das für sie war. Wie auch immer, wie kannst du einem Mann widerstehen, der kaum seine Augen von dir nehmen kann?«, fragte Suvi. »Ich wusste, dass er wegen dir zurückkommen würde. Das zwischen dir und dem Bären ist noch nicht vorbei. Er wird dich haben, und du wirst bald deine Gefühle annehmen.«

Pema riss ihre Hand zurück, als wäre sie in Säure getaucht worden. Verdammt sei ihre Schwester. Sie hatte gerade erklärt, dass Pema mit Ronan zusammen sein und ihre Gefühle annehmen würde, während die drei sich an den Händen hielten. Sie wusste es besser, als eine solche Verkündung zu machen, während sie vereint waren. Pema begann panisch zu werden.

Sie waren nicht die Hände des Schicksals, aber seit sie sich erinnern konnte, ließ sie die Macht, die sie ausübten, wenn sie physisch miteinander verbunden waren, der Göttin, deren Wille das Schicksal bestimmte, so nahe sein, wie es Übernatürlichen möglich war. Pema wollte nicht damit enden, den Rest ihres Lebens Ronan hinterherzujagen.

Pema konzentrierte sich wieder auf die vorliegende Sache, während ihr die Angst in den Magen stieg, und ging im Laden auf und ab. »Ich kann nicht mit ihm zusammen sein. Ich weigere mich nicht nur, in einer Beziehung zu sein, ich möchte auch nicht mit irgendetwas verbunden sein, das Celes Aufmerksamkeit auf uns richten könnte.«

Isis' Augen loderten hell und die Lichter im Laden flackerten. »Göttin, ich hasse diese Frau. Sie war mir nie ganz geheuer. Mit diesen Knopfaugen und dem straffen Dutt erinnert sie mich an eine Ratte. Bäh … Ich schwöre immer noch, der einzige Grund, warum sie uns das Geld für diesen Laden gegeben hat, war, um uns kontrollieren zu können, nachdem wir uns geweigert hatten, in ihrer Schule einer Gehirnwäsche unterzogen zu werden. Und ihre Tochter ist ein Schwachkopf. Ich würde gerne beiden in den Arsch treten.«

»Isis, schalt einen Gang runter, bevor noch mehr Schaden angerichtet wird«, ermahnte Pema. »Aber ich stimme zu. Cele will uns kontrollieren. Das ist einer der Gründe, warum Mom und Dad uns nicht gezwungen haben, zur Akademie zurückzukehren. Sie hat zu hoch gepokert, indem sie Mom und Dad gegenüber über die Prophezeiung schimpfte und tobte. Sonst hätten sie uns sicher dort behalten.«

»Sie ist nicht sehr schlau, oder? Sie hat uns immer wieder unterschätzt. Ich weiß, dass sie schätzte, dass wir so viel Zeit mit Feiern verbringen würden, dass wir nicht in der Lage wären, ihren Kredit zurückzuzahlen. Der schockierte Ausdruck auf ihrem Gesicht, als wir den Kredit so schnell vollständig zurückgezahlt haben, war unbezahlbar«, sagte Suvi, während sie Steine aus der *RockCandy*-Auslage aufhob.

Isis und Pema machten mit und sie scherzten weiter über Cele und Claire, während sie in ihre Routine verfielen, Auslagen neu zu arrangieren. Es kostete Pema all ihre Mühe, sich auf ihre Schwestern einzulassen, da ihre Gedanken kontinuierlich zu Ronan zurücktrieben.

Der Wandler hatte Macht über sie, und zum ersten Mal in ihrem Leben war sie schwach, wo es um einen Mann ging. Es war ekelhaft, wirklich. Doch wenn er in den Raum spazierte und den Finger in ihre Richtung krümmte, würde sie dahinschmelzen und ihm folgen.

Sie wollte seine Lippen auf ihren spüren, während er ihr Gesicht liebkoste. Mehr als alles andere wollte sie spüren, wie seine harte Länge tief in sie sank und den sich aufbauenden Schmerz linderte. Sie seufzte. Ihre Besessenheit wurde lächerlich. »Ich werde eure Hilfe brauchen, um mich fern zu halten, wenn ich ihn bei der Cluberöffnung sehe. Ich will mich ihm nicht an den Hals werfen und wie ein Trottel aussehen«, sagte Pema zu ihren Schwestern.

* * *

Claire saß schäumend im hinteren Teil des Clubs. Klatsch darüber, dass Ronan nach Pema riechend im *Confetti Too* aufgetaucht war, hatte sich schnell verbreitet. Die Rowan-Schwestern waren immer das Gesprächsthema des Reichs, sei es, weil sie die berühmten Drillinge waren oder weil ihre sexuellen Heldentaten normalerweise die Mächtigsten beinhalteten oder weil sie wegen ihrer Magie gefragt waren. Sie konnte den stümperhaften Hexen nicht entkommen und es war ärgerlich.

Sie hatte Ronan mehrmals angerufen, aber er war nicht rangegangen. Sie war in den Club gekommen, um ihn für Wiedergutmachung aufzusuchen, und war enttäuscht, als er nicht an den Türen war. Sein Truck stand auf dem Parkplatz, also wusste sie, dass er irgendwo in der Nähe war.

Mit angespannten Nerven stand sie auf und steuerte zu den hinteren Fluren des neu gebauten *Confetti Too,* weil sie dachte, er wäre vielleicht im Belegschaftsraum, um sich für seine Schicht fertig zu machen. Sie hatte vor, ihn zu verführen und ihn daran zu erinnern, was sie so viele Jahre geteilt hatten. Pema konnte dem, was Claire ihm bedeutete, nicht das Wasser reichen.

Ihr Herz raste in ihrer Brust, während sie durch den Flur stakste. Sie blieb vor der mit »Büro« gekennzeichneten Tür stehen, als sie das unverkennbare Rumpeln von Ronans Stimme hörte. Sie holte eine Puderdose heraus und überprüfte ihren Lippenstift, bevor sie ihre Kleidung glättete. Ihre Hände schwitzten, als sie nach dem Türknauf griff.

Sie hielt inne, um sich die Hände an ihrem Rock abzuwischen, und wägte die beste Taktik ab, um ihn zurückzubekommen. Ihre Mutter hatte deutlich gemacht, dass sie es nicht tolerieren würde, wenn Claire mit Ronan zusammen war, dass er unter Claire stand. Es kümmerte sie nicht, was ihre Mutter sagte. Sie war nie die pflichtbewusste Tochter gewesen und würde jetzt nicht damit anfangen, die Anweisungen ihrer Mutter zu befolgen.

Zweifel an seinen Gefühlen für sie kamen an die Oberfläche und sie wusste, dass sie sicher sein musste, dass sie seine volle Aufmerksamkeit haben würde. Sie weigerte sich, irgendwelche seiner Gedanken bei Pema verweilen zu lassen, und würde alles tun, um sicherzustellen, dass sie das nicht taten. Gut, dass sie vorausgeplant hatte, dachte sie, als sie einen kleinen Flakon aus ihrer Handtasche zog und die klare Flüssigkeit schwenkte. Es stach, auf einen Liebestrank zurückzugreifen, um seine Aufmerksamkeit zu bewahren, aber verzweifelte Situationen verlangten nach verzweifelten Maßnahmen.

Sie überquerte den Flur, versteckte sich vor der offenen Tür und ließ ihre verschwitzten Handflächen an der Wand hinter sich ruhen. Es war nicht abzusehen, wie wütend er sein würde, wenn er sie vor der Tür lauern sah. Ihre Nerven machten ihr zu schaffen und Ronans erhobene Stimme ließ sie den Atem anhalten. Er war wegen etwas verärgert und hatte eine hitzige Diskussion mit jemandem.

»Es tut mir leid, dass ich heute bei dir rausgestürmt bin. Die Dinge gerieten außer Kontrolle und das hätten sie nicht sollen. Du hattest Recht damit, die Dinge davon abzuhalten, weiter zu gehen. Ehrlich gesagt habe ich keine Ahnung, was über mich gekommen ist. Ich hatte nicht beabsichtigt, dass das passiert, als ich zurückgekommen bin. Ich bin nicht einmal sicher, warum ich zurückgekommen bin, aber dafür war es nicht.«

Claires Herz fiel zu ihren Füßen, als sie Ronans Worte hörte. Sie fragte sich, ob er mit Pema sprach, und falls ja, was meinte er damit, Dinge abzuhalten? Bedeutete das, dass er keinen Sex mit ihr gehabt hatte?

Ronans Stimme unterbrach ihre Grübeleien. »Nein, Pema, ich kann die Verbindung zwischen uns nicht leugnen und ich kann nicht aufhören, an dich zu denken.«

Ihr Herz verdrehte sich bei der Bestätigung, dass er mit Pema sprach, und sie traute ihren Ohren nicht. Wann hat er diese Verbindung zu Pema entwickelt? Das hatte er ihr in all den Jahren, die sie zusammen waren, nie erzählt. Was das betraf, war der Tonfall seiner Stimme noch nie so sanft und fürsorglich gewesen. Was hatte Pema an sich, dass ihn ihr so viel geben ließ?

Claire bemühte sich, ihre Beherrschung zu behalten und nicht in das Zimmer zu stürmen und ihm den Liebestrank seine Kehle herunterzuzwingen. Egal, was es kosten würde, Ronan würde wieder ihr gehören.

»Das will ich auch nicht«, knurrte Ronan plötzlich.

Trotz der Warnung ihrer Mutter würde sie die Angelegenheiten selbst in die Hand nehmen. Niemand kam zwischen sie und ihren Mann, schon gar nicht eine Rowan.

KAPITEL FÜNF

Pema sah sich im neuen Club des Reichs um, als sie mit ihren Schwestern und den Dark Warrior an einem der größeren Tische stand. Killian hatte mit dem neuen Laden fantastische Arbeit geleistet. Sie war froh zu sehen, dass er es geschafft hatte, die Glasblöcke zu retten, die er im ursprünglichen Club gehabt hatte, obwohl sie jetzt mit einer glatten Platte aus Holz mit Baumkante gekrönt waren. Die kleinen farbigen Lichter, die in die Glasblöcke eingebaut waren, funkelten an den Beinen der Gäste, die auf den Barhockern mit hoher Rückenlehne saßen.

Sie bemerkte, dass es überall im Club natürliche Elemente gab. Killians Abkehr vom industriellen Dekor im ursprünglichen Club verlieh dem neuen Ort ein Gefühl von Wärme, das zuvor gefehlt hatte.

Als Hexe war sie mit allem auf der Erde verbunden und fühlte sich hier geerdet. Sie vermutete, dass Killian die Änderung vorgenommen hatte, um den Schutz zu verbessern, den sie und ihre Schwestern in die Wände gewoben hatten. Sie waren geehrt gewesen, als Kill sie gebeten hatte, ihre eigenen Zauber zu denen hinzuzufügen, die er und andere Zauberer bereits ausgeführt hatten. Der Club war so gut wie undurchdringlich, und jeder, einschließlich der Erzdämonen, würde es schwer haben, ihre Barriere zu durchbrechen.

»Netter Rock, Hexe. Auf meinem Schlafzimmerboden würde er noch besser aussehen«, rief ein Feuerdämon vom Nebentisch. Sie drehte den Kopf und sah, dass der feuerorangefarbene Blick des Mannes auf ihren Arsch gerichtet war.

»Behalt deine Pfoten bei dir, dieses Material ist nicht feuersicher«, rief Pema zurück und blickte an ihrem Outfit herunter, da sie dachte, sie hätte es übertrieben.

In ihrem Kopf kämpfte Selbsthass mit gesundem Menschenverstand. Sie hatte sich angezogen, um Ronan zu provozieren. Sich für einen bestimmten Mann anzuziehen sah ihr gar nicht ähnlich und sie hasste es, dass sie es für Ronan getan hatte. Nein, schaltete sich ihr innerer Zuspruch ein, sie war bekannt für ihren gewagten Aufzug, und das hatte nichts mit dem Bären zu tun. Sie zog mit diesem Gedanken mit. Sie hatte sich für sich selbst angezogen und für niemanden sonst. Sie fragte sich, ob dies ein Omen dafür war, dass sie sich von nun an selbst belügen würde.

So sehr sie es auch versuchte, sie konnte nicht aufhören, darüber nachzudenken, wie es sie angepisst hatte, als er sagte, er wolle auch keine Beziehung mit ihr. Es spielte keine Rolle, dass sie nicht mehr von ihm wollte. Aber andererseits, sinnierte sie, war es immer so. Wenn eine Person einen nicht wollte, wollte man sie noch mehr. Und was sie von ihm wollte, war dunkel und schmutzig. Ihre ungezügelten Hormone hatten sie von dem Moment an gequält, als sie Sex mit dem Wandler abgelehnt hatte.

Aber genau jetzt wollte sie, dass er alles zurücknahm, und ihre Kleidung sollte locken. Sie tat eindeutig ihre Arbeit, da der Feuerdämon weiter versuchte, sie zu beschwatzen.

Sie stieß einen tiefen Seufzer aus und dachte, ein Höschen wäre heute Nacht eine kluge Wahl gewesen. Vor allem angesichts des Ultra-Minirocks, den sie trug. Vielleicht auch ein BH, obwohl das Bandeau-Oberteil so einengend war, dass es diesen Punkt nicht zu offensichtlich machte. Sie wäre in Ordnung, solange sie Ronans Geruch nicht aufschnappte. Wenn sie das täte, würde ihr Bedürfnis nicht verborgen werden können.

Sie fluchte still, als sie begriff, dass ihre Schwestern sie am Tisch stehengelassen hatten. Sie schaute sich in dem geschäftigen Club um und sah, dass Suvi mit Bhric auf dem Weg zu einem der Hinterzimmer war. *Das ging schnell,* sinnierte sie, während sie den Kopf schüttelte. Tatsächlich musste es sogar für Suvi ein Rekord sein. Aber ihre Schwester hatte eine Vorliebe für Vampire und der sexy Vampirprinz tat ihr immer gerne einen Gefallen. Das war einer der Gründe, warum Suvi ihren Vertrauten, eine schwarze Fledermaus, nach dem Prinzen benannt hatte.

Sie entdeckte Isis auf der Tanzfläche mit Rhys, einem der Dark Warrior. Pema lächelte über die Cambion-Version des Tanzens, die viel Stoßen und Reiben und Tätigkeit der Zunge beinhaltete.

Männliches Getue brachte sie zurück in ihre unmittelbare Umgebung. Gerrick, ein weiterer der Dark Warrior, war kurz davor, sich mit dem Feuerdämon auf den Boden zu werfen, der sie angemacht hatte. Aus den ausgetauschten Worten ging hervor, dass Gerrick sich für sie eingesetzt hatte, als sie abgelenkt war. In den engen Freundeskreis des Vampirkönigs aufgenommen zu werden, war neu für sie alle und sie stellte fest, dass sie die beeindruckenden Männer wirklich mochte. Sie waren überraschend bodenständig.

Als Gerrick den Dämon am Genick packte und ihn wegführte, bemerkte sie, dass Ronan auf die erhobenen Stimmen reagiert hatte und in ihre Richtung steuerte, dabei so köstlich wie immer aussah. Auf der Suche nach einer Ablenkung von ihrem Wunsch, aufzustehen und in Ronans

Arme zu rennen, drehte sie sich zu Cailyn und Jace um, die seitlich von ihr saßen.

Vor ein paar Wochen hatten Pema und ihre Schwestern Jace, einem Dark Warrior, geholfen, einen Zauber zu entdecken, der seit über sieben Jahrhunderten tief in seiner Psyche vergraben war. Das war es, was sie in Zanders inneren Kreis gebracht hatte.

»Wir hatten noch keine Gelegenheit, nachzuhaken und zu sehen, ob du Angelicas Bann brechen konntest«, sagte Pema zu Jace und versuchte, nicht durch ihre Nase zu atmen. Es war schon schlimm genug, dass sie Ronans schwere Schritte und das tiefe Grollen seiner Stimme hören konnte. Sie musste seinen sinnlichen Duft nicht der explosiven Mischung hinzufügen, die in ihrem Bauch brodelte.

Jace sah sie an, wobei seine Dankbarkeit deutlich in seinen amethystfarbenen Augen stand. »Es war nicht einfach, aber ja, mit der Liebe meiner Gefährtin war der Zauber gebrochen. Ich kann mir nicht vorstellen, wie mein Leben aussehen würde, wenn du und deine Schwestern ihn nicht enthüllt hätten. Wir schulden euch mehr, als wir euch gezahlt haben. Für das Leben, das du und deine Schwestern ermöglicht haben, gibt es keine Belohnung, die groß genug ist.«

»Jace hat Recht, wir werden es euch nie zurückzahlen können, aber wenn ihr jemals etwas braucht, müsst ihr nur anrufen. Du bist jetzt eine von uns. Deine Schwestern auch«, verkündete Cailyn. Sie war eine zarte menschliche Frau. Na ja, nicht mehr ganz so menschlich. Sie hatten ihre Verpaarung abgeschlossen und Pema spürte die Veränderung in der DNS der Frau, welche darauf hindeutete, dass sie jetzt, wie ihr Gefährte, unsterblich war.

»Ihr schuldet uns nichts. Es war eine Ehre, für eine so wichtige Aufgabe aufgesucht worden zu sein. Nicht viele im Reich wären das Risiko mit uns eingegangen. Wir sind ungestüme, ungeübte Hexen«, neckte Pema und zwinkerte Cailyn zu. »Im Ernst, ich bin froh, dass wir helfen konnten. Und es war der herausforderndste Zauber, den wir je gewirkt haben, also schulden eigentlich wir euch etwas. Da wir die *Callieach* nicht besucht haben, wurde uns nie die Gelegenheit gegeben, solche Magie zu praktizieren. Viele unserer Kunden sind Menschen, die sich nur für Liebestränke und Tarotkarten interessieren«, sagte sie lachend.

Der Verkaufsschlager von *Black Moon* waren ihre vorübergehenden Liebeszauber, die eigentlich Lusttränke waren. Echte Liebestränke zu verkaufen würde einem ahnungslosen Wesen den freien Willen nehmen, etwas, das sie niemals tun würden. Apropos Lust, ihr Körper entzündete sich plötzlich damit. Ihr Magen verkrampfte sich vor Verlangen, während ihre weiblichen Falten heiß und feucht wurden. Sie holte tief Luft. Göttin, Ronan war in der Nähe.

Pema blickte sich verstohlen an der Bar um, während sie Jace und Cailyn zuhörte. Ihr Herz sank, als sie sah, wie Claire Ronan auflauerte, die ein hautenges, rotes Kleid mit Komm-Fick-mich-Heels trug. *Sie konnte nicht verzweifelter sein,* dachte Pema verächtlich und ignorierte die Scheinheiligkeit ihrer eigenen fünfzehn Zentimeter hohen Stilettos.

War er zu ihr gegangen, als er Pema verlassen hatte, und hatte ihre Beziehung neu entfacht? Bei dem Gedanken breitete Pema die Finger aus, wollte ihr am liebsten die Augen auskratzen. Sie hatte mit Ronan Schluss gemacht, aber jetzt rieb sie sich an ihm wie eine läufige Hündin.

Unfähig, ihre Aufmerksamkeit von Ronan abzuwenden, aß Pema ihn mit ihren Augen auf. Verdammt, er sah in seiner tief sitzenden, dunklen Jeans gut aus. Seine kräftigen Schenkel verstärkten die Beule, die sie in seiner Hose wachsen sehen konnte. Sein enges taubenblaues T-Shirt schmiegte sich an seine breiten Schultern und muskulösen Brustmuskeln und betonte sein lockiges braunes Haar und seine dunklen Schokoladenaugen. Er war total leckbar. Eine Locke hing hinreißend über seinem linken Auge und Pema sabberte fast auf den Tisch vor sich.

Pema musste die Tatsache ignorieren, dass Claire wie ein Pilz an seinem Arm klebte. Entweder das oder sie gab ihren heftigen Drängen nach. Und wenn das nicht einen epischen Kampf in Pemas Kopf auslöste. Sie wollte Anspruch auf Ronan erheben, damit Claire und jede andere Frau genau wusste, zu wem er gehörte. Trotzdem wollte sie keine Beziehung mit ihm, oder sonst jemandem, was das betraf. Sie sah die Ironie darin, konnte aber nicht anders.

Ein Teil von ihr, so erkannte sie, hatte bereits Anspruch auf Ronan erhoben, denn als Claire ihren Körper an Ronans Seite drückte und die Hand ausstreckte, um ihn zu ihren wartenden Lippen herunterzuziehen, fletschte Pema die Zähne und fauchte bei dem Anblick. Sie war beschämt, sie hatte noch nie in ihrem Leben jemanden angefaucht.

»Bist du okay, süßer Hintern?«, fragte Rhys und trat in Pemas Blickfeld. Sie war so von Ronan und Claire eingenommen gewesen, dass sie nicht gesehen hatte, wie er sich ihr näherte. Gar nicht zu reden davon, dass sie aus ihrer Unterhaltung mit Jace und Cailyn komplett ausgetreten war.

»Ich kann deine Erregung riechen … und deine Wut«, schnurrte Rhys. »Ich kann dabei aushelfen.«

Hitze überflutete vor Verlegenheit ihre Wangen und Rhys lächelte dieses Lächeln, das sie normalerweise dazu brachte, nach seiner Jeans zu greifen. Bedauerlicherweise verlangte ihr Körper im Moment nur nach Ronan. Es musste daran liegen, dass sie ihrem Körper den sexy Bärenwandler verweigert hatte und er diese Erfahrung wollte. Sie weigerte sich, etwas anderes zu glauben.

»Verfluchter Rhys«, sie lächelte zu ihm auf und zwinkerte ihm zu, erlaubte ihm, sie in seine Arme zu schließen. Sie wusste, dass sie bockig war, da sie hoffte, Ronans Aufmerksamkeit mit der Umarmung des Cambions zu gewinnen. Es war fast zu viel für sie, als Rhys ihren Arsch packte und sie gegen seine Leiste zog. Ihr wurde schwindelig, als sich ihre Brust schmerzhaft zusammenzog. Sie war wegen der Schmerzen in der Brust sofort alarmiert und fragte sich, was diese verursacht hatte. Sie betete, dass es Magenbeschwerden waren, weil die Alternative keine Überlegung rechtfertigte.

Aus dem Augenwinkel bemerkte sie, dass Ronan von Claire weggetreten war und sie anstarrte. Pemas aufblitzende Zufriedenheit erstarb schnell, als Ronans Augen sich vor Wut in Kohle verwandelten. Killian würde ihn feuern, wenn er einen Streit anfing, besonders wenn es seine Aufgabe war, solche Auseinandersetzungen zu beenden. Und sie machte sich Sorgen um seine Sicherheit, falls er gegen Rhys kämpfen sollte. Nicht, dass Ronan schwach gewesen wäre, aber Rhys war ein mächtiger Dark Warrior. Sie war sich nicht sicher, wer von ihnen einen Kampf gewinnen würde, wollte es aber nicht herausfinden.

Als Ronan begann vorwärtszugehen, nur um von Claire zurückgezogen zu werden, flog Pemas gesunder Menschenverstand aus dem Fenster. Ihre Muskeln spannten sich an und sie wollte gerade einen Satz machen, als Rhys sie sofort aufhielt.

Ronans Nasenflügel bebten und sie hatte keinen Zweifel daran, dass er ihre Erregung riechen konnte. Ihre kleinkarierte Seite war froh, denn vielleicht quälte es ihn genauso sehr, sie mit einem anderen Mann zu sehen, wie der Anblick von ihm mit Claire sie quälte. Die Zufriedenheit war nicht so süß, wie sie es sich vorgestellt hatte, als sie sah, wie Schmerz seinen Gesichtsausdruck überzog. Claires zufriedenes Schmunzeln und ihr besitzergreifender Griff um Ronan ließen Pemas Wut gleich wieder an die Oberfläche kochen. Im Handumdrehen war Pema gefasst und zum Angriff bereit.

»Hör auf, süßer Hintern. Du willst nicht tun, was du denkst«, flüsterte Rhys an ihrem Ohr. Woher er das gewusst hatte, war sie sich nicht sicher, aber er hatte Recht, Claire anzugreifen wäre ein Fehler. Pema schloss die Augen und holte tief Luft. Die Hexe war die Mühe nicht wert.

Pema öffnete die Augen und genoss es viel zu sehr, als Ronan wegging und Claire allein an der Bar zurückließ. Sie ließ ihren Kopf auf Rhys' Schulter fallen, als sie von Erleichterung überschwemmt wurde. Sie brauchte einen Drink, oder zehn, wenn sie die Nacht überstehen wollte. »Du hast Recht, danke, Rhys. Ich brauche *wirklich* ein Wodka Tonic.«

»Ich kümmre mich darum, Herzblatt, etwas, um deine Gedanken zu beschäftigen und deinen Körper zu betäuben«, neckte Rhys, als er zur Bar schlenderte, um Drinks zu bestellen.

KAPITEL SECHS

»Wie ich sehe, mischen sich die Dark Warrior mit den Rowans unters gemeine Volk«, sagte Claire zu Rhys, als er zur Bar ging. Pema presste ihre Kiefer zusammen, als sie zufällig Claires hochmütige Stimme hörte. Es war wie Fingernägel auf einer Tafel und ließ ihre Haut kribbeln. Ronan war nur ein Neuzugang auf einer langjährigen Liste von Gründen, warum sie die Frau hasste. Pema bekam Rhys' Antwort auf Claire nicht mit, weil sie damit beschäftigt war, darüber zu fantasieren, wie sie Claire verstümmeln und umbringen könnte.

Der Anblick von Ronan, der sich einem Tisch näherte, an dem die Gäste in einen hitzigen Streit verwickelt waren, lenkte sie ab. Die Art und Weise, wie er seinen muskulösen Arm um den Hals eines Mannes schlang, übermittelte seine Drohung effektiv und der Tisch beruhigte sich sofort wieder. Er streifte durch den Club, hielt die Gäste mit seiner Anwesenheit in Schach, und Pema genoss den Anblick seines Hinterteils.

Das Geräusch von Eis, das in einem Glas klirrte, unterbrach ihre Liebäugelei. Ein Drink tauchte vor ihr auf, aber er sah nicht wie das aus, was sie bestellt hatte. »Das ist kein Wodka Tonic, Rhys.« Sie hob fragend eine Augenbraue zu dem sexy Krieger.

Rhys gluckste und schlang seine Arme um ihre Taille. »Nein, ist es nicht. Ich habe dir einen Screaming Orgasm bestellt … Ein Auftakt dessen, was kommen wird.« Der Krieger wackelte anzüglich mit den Augenbrauen.

Sie lachte über ihn und schüttelte den Kopf. Über den Lärm im Club hinweg konnte Pema Ronans tiefes Timbre hören, als er mit verschiedenen Gästen sprach. Diese Stimme tat Dinge mit ihr, die sie sowohl hasste als auch liebte, erregte sie auf ein unerträgliches Niveau. Sie brauchte diesen Drink, jetzt. »Du weißt, dass ich nicht so einfach bin«, antwortete sie Rhys und stürzte das Gebräu in einem Schluck herunter. »Wegen diesem Wodka Tonic …«

»Alles, was die Dame will, aber ich kann viel besser dabei helfen, diese Anspannung abzubauen als Alkohol«, sagte Rhys, zog ein Glas hinter seinem Rücken hervor und reichte es ihr. Pema hätte geantwortet, wenn sie nicht zu sehr damit beschäftigt gewesen wäre, Ronan heimlich zu beobachten.

Sie wollte zu Ronan gehen und ihn nach hinten in eines der Zimmer bringen und beenden, was sie begonnen hatten. Pema trat zurück und gegen Rhys, kämpfte mit aller Kraft gegen ihr Verlangen nach Ronan. Als würde sie ihr Dilemma spüren, rückte Isis auf ihrer anderen Seite heran und ergriff ihre Hand, um ihr still Beistand zu leisten.

Sie und Isis knirschten beide mit den Zähnen, als sie beobachtete, wie Claire sich Ronan näherte und ihn in ein Gespräch verwickelte. Sie wollte hören, was sie sagten, und es brachte sie um, dass sie es nicht konnte. Warum nickte er Claire zu? Was sagte er zu ihr? Waren sie wieder zusammengekommen? Unsicherheiten und Zweifel, Gefühle, mit denen Pema nicht vertraut war, überschwemmten sie, als sie sich fragte, was er dachte.

»Hast du gehört, was ich gesagt habe, Pema?«, fragte Jace ab und schaute sie amüsiert an.

Als Pema ihre Aufmerksamkeit wieder dem Tisch zuwandte, verfluchte sie sich dafür, dass sie wieder einmal ignoriert hatte, was um sie herum vor sich ging. Sie wünschte, sie wäre gedanklich nicht so beschäftigt. Was es noch schlimmer machte, war, dass sich ihre Welt auf Ronan beschränken würde, wenn es nach ihrem Körper ginge. Sie musste ihren Kopf aus ihrem Arsch ziehen, wie gestern. »Tut mir leid, ich bin heute Abend etwas abgelenkt. Was hast du gesagt?«

»Ich habe erklärt, warum Rhys nicht mit dir und deinen Schwestern nach Hause gehen kann«, sagte Jace lachend und schloss seine Gefährtin in seine Arme. Ihr Anblick ließ ihre Brust schmerzen. Sie fragte sich, was mit ihr geschah. Sie wurde bei Paaren weder sentimental noch rührselig und erkannte sich selbst kaum wieder.

»Wir können es uns für den nächsten Monat nicht leisten, ihn auf dem Gelände zu verlieren. Da Kadir eine Schippe drauflegt, brauchen wir im Moment alle Dark Warrior«, fuhr Jace fort.

Pema und ihre Schwestern waren am Rande der Schlacht zwischen den Dark Warrior und den Erzdämonen und ihren Skirm geblieben. Aber sie hatten Celes Erklärung nicht zugestimmt, dass es nicht das Problem der Hexen sei. Pema war der Meinung, dass die Hexen einen Unterschied machen könnten, um den Krieg zu gewinnen, wenn sie ihre Kräfte mit dem Rat der Dark Alliance vereinen und Hexen in die Reihen der Dark Warrior ergänzen würden.

Bevor sie wieder den Fokus verlor, antwortete sie Jace. »Ich kann mir vorstellen, dass das Leben auf dem Gelände anders ist, da du und Zander nun verpaart seid. Nächtliche Patrouillen stehen wahrscheinlich ganz unten auf der Liste der Dinge, die ihr lieber tun würdet. Wird Thane hierher verlegt?«, fragte Pema, als sie Cailyns Freundin Jessie sah, die mit dem San Francisco Dark Warrior die Tanzfläche verließ.

»Ich bin mir nicht sicher, aber ich glaube, das würde Jessie gefallen«, sagte Cailyn lachend.

Pema lächelte darüber. Ja, sie glaubte, dass Jessie das tun würde. »Hey, Dhampir, wie geht's? Hast in letzter Zeit Menschen gegessen?«, fragte Pema Jessie.

»Hey, Hexe«, sagte Jessie und gab ihr ein High five. »Mir geht's gut, und nein, ich habe keine Menschen gegessen. Ich bevorzuge Dark Warrior«, sagte sie und schnappte mit den Zähnen nach Thane, der ihr spielerisch auf den Hintern schlug.

»Das kann ich sehen. Ich, also ich stelle fest, dass ich plötzlich einen Drang nach Wandlern habe«, erwiderte Pema. Jemand stieß gegen ihre Schulter, wodurch sie auf ihren Absätzen taumelte. Sie fand ihr Gleichgewicht wieder und schaute zur Seite, um zu sehen, dass es Claire gewesen war. *Erbärmlich*, dachte Pema, als die aneinandergestoßenen Gläser auf dem Tisch klirrten.

»Entschuldige dich«, sagte Pema durch zusammengebissene Zähne. Als Claire sie ignorierte, rief sie laut aus: »Genieß deinen Abend!«

Claire änderte die Richtung und schlenderte auf Ronan zu, wo er neben der Vordertür stand. »Mach eine Pause und lass uns in eines von Kills Hinterzimmern gehen«, sagte Claire laut genug, dass Pema es hören konnte. Isis packte Pemas Hand und wandte ihre Aufmerksamkeit von dem Paar ab. Sie schüttete ihr Glas herunter, verzog angesichts des bitteren Nachgeschmacks das Gesicht und fragte sich, was Rhys ihr dieses Mal bestellt hatte.

»Komm schon, lass uns tanzen«, sagte Pema, ergriff Rhys' Hand und zog Isis mit ihnen mit.

»In Ordnung, süßer Hintern. Oder wir könnten den Tanz überspringen«, beschwatzte Rhys.

»Wir werden tanzen, Romeo«, beharrte sie.

»Ich werde deine Meinung ändern, Pema«, versuchte es Rhys erneut. Sie schlug ihm auf den Arm und lächelte ihre Schwester an, dankbar, sie an ihrer Seite zu haben. Das Band, das sie mit ihren beiden Schwestern teilte, war eine Rettungsleine, von der sie betete, dass sie sie durch das ziehen würde, was auch immer sie im Moment besessen hatte.

Pema vergaß vorerst ihre Probleme, schnappte sich Isis und begann einen erotischen Tanz, bei dem die beiden Rhys einsperrten. Der Bass und der Beat vibrierten durch sie und pochten dumpf in ihren Adern. Normalerweise verlor sie sich im Rhythmus der Musik, aber sie schaute ständig hinüber, um zu sehen, ob Ronan zusah. Sie bemerkte, dass er es tat und dass seine Augen mit einer Bandbreite von Emotionen loderten, die sie nicht identifizieren konnte.

Die Verbindung, die sie zu Ronan spürte, pulsierte durch ihr gemeinsames Verlangen. Er wollte sie genauso sehr wie sie ihn, und das machte die Aussicht, mit ihm zusammen zu sein, umso gefährlicher. Pema stürzte sich in den Tanz, um sich von ihrem Drang abzulenken, ihn besinnungslos zu ficken.

Ohne Vorwarnung begann Pema zu schwitzen und ihr Herz begann zu rasen. Sie verlangsamte ihre Bewegungen und versuchte, sich zu beruhigen. Ermüdung schlug zu und sie konnte sich kaum aufrecht halten. Es machte ihr Angst, als ihre Arme sich in Blei verwandelten und ihr Blick unscharf wurde. Da sie übernatürlich war, war sie nicht anfällig für Krankheiten, also hatte sie keine Ahnung, was los war. Sie schwankte unter dem Ansturm.

Plötzlich krümmte sie sich, als Schmerz ihren Bauch verwüstete und ihr die Luft wegblieb. Das war keine Krankheit. Irgendetwas reizte die Ränder ihres Verstands, irgendetwas wegen ihrem Drink. Einen zusammenhängenden

Gedanken zu fassen überstieg derzeit ihre Fähigkeiten. Ihre Schwester und Rhys hatten beide aufgehört zu tanzen und ihre verschwommenen Gesichter waren in ihrem Sichtfeld.

Sie hörte, wie ihre Schwester mit ihr sprach, konnte aber durch den Schwindel nicht antworten. Sie ging zu Boden. Wie peinlich, da alle das sahen, besonders Ronan. Sie musste ihnen etwas sagen … aber was … Der bittere Nachgeschmack! Starke Arme fingen sie auf, als der Zementboden ihr entgegeneilte, um sie zu begrüßen.

Sie blickte in Rhys' kaleidoskopartige Augen. »Was ist denn, Pema? Du siehst nicht so gut aus. Weißt du, was los ist?«

»Drink …«, sie hatte Mühe zu sprechen und hustete, schmeckte Blut. »Gift …«, murmelte sie, kaum hörbar wegen der Schwellung in ihrem Hals. Sie schloss die Augen und konzentrierte sich darauf, Luft zu holen. Sie musste den Fortschritt dessen verlangsamen, was auch immer durch ihr System pumpte. Ihr Versuch, einen Stase-Zauber zu murmeln, kam durcheinandergewürfelt heraus.

Die Welt schwamm, als sie ihre Augen öffnete. Alles war verschwommen und ihr Magen rebellierte. Rhys hob sie hoch und eilte von der Tanzfläche, während er schrie: »Jace, irgendetwas stimmt nicht mit Pema! Beweg deinen Arsch hierher! Sie hat etwas von Gift erwähnt!«

»Leg sie auf den Tisch.« Jaces Stimme klang näher, als sie erwartet hatte. Es war beruhigend zu hören, wie ruhig und gefasst er war. Sie wusste, dass sie in schlechter Verfassung war, und war dankbar, dass der Heiler im Club war. Wenn jemand sie in Ordnung bringen konnte, dann war es Jace.

»Pema, kannst du mich hören? Hier ist Jace.« Sie versuchte, den Mund zu öffnen und zu sprechen, aber nichts funktionierte. Sie nickte mit dem Kopf oder dachte es, es war schwer zu sagen. »Ich werde meine Hände auf deinen Bauch legen. Du wirst Wärme spüren, während ich dich heile. Bleib bei mir, du musst mit mir reden, sag mir, warum du denkst, es war Gift. Was hast du geschmeckt? Rhys, schnapp dir eine ungeöffnete Flasche Wasser. Kill, schnapp dir ein kaltes Tuch.« Jace sprach mit ihr und erteilte Befehle, ohne zu zögern, und sie spürte, wie Hände auf ihrem nackten Abdomen landeten.

Ein wunderbares, wärmendes Gefühl begann in ihrem Bauch und breitete sich von dort aus. Ihr Herz stotterte, dann blieb es stehen, bevor es weiter raste. Die Schwellung in ihrem Hals ging glücklicherweise zurück und sie saugte einen Atemzug ein. »Drink … hat bitter geschmeckt«, flüsterte sie.

»Wir können es jetzt riechen. Keine Sorge, trink einfach das«, wies Jace sie an, als er ihr mit einer Hand hinter ihren Schultern half, sich leicht aufzusetzen.

»Pema!«, brüllte Ronan von irgendwo durch den Raum. Sie öffnete ihre Augen einen Spalt weit und sah, wie Ronan mit Panik in den Augen auf sie zuhetzte. Hinter ihm sah sie, wie Claire von der Bar weggezerrt wurde. War das Cele, die Claire wegbrachte? Ja, Pema würde diesen straffen Dutt und die steife Wirbelsäule überall erkennen. Sie hatte keinen Zweifel, dass sie dafür verantwortlich waren. Auf den Tischen um sie herum zersplitterte Glas, was die Leute zum Kreischen brachte. Durch ihren Dunst sah sie, dass Isis angepisst war. Sie hoffte, dass Isis ausnahmsweise die Hölle auf die Hohepriesterin und ihre Tochter loslassen würde.

* * *

Ronan drängte sich an Pemas Seite. Er hatte keine Ahnung, was passiert war, nur dass Pema verletzt war. Der triumphierende Schimmer in Claires Augen, als ihre Mutter sie aus dem Club zog, sagte ihm, dass Claire dafür verantwortlich war. Er verfluchte sich dafür, dass er so mit seinen turbulenten Gefühlen beschäftigt war.

Ganz egal wie sehr er sich auch gewünscht hatte, seine Beziehung zu Claire zu reparieren, er war nicht in der Lage gewesen, sein Verlangen nach Pema abzuschütteln. In dem Moment, als er Pema in den Club spazieren sah, war ihm die Kinnlade heruntergefallen. Sie sah höllisch sexy aus und alle männlichen Augen im Ort waren auf sie gerichtet gewesen. Claire hätte mit ihrer Eifersucht auf Pema nicht offensichtlicher sein können.

Während er die Entfernung verschlang, ließ ihn der Zorn, dass Claire einer Unschuldigen Schaden zugefügt hatte, rot sehen. Er hatte zwei Jahrhunderte mit ihr verbracht und hätte nie gedacht, dass sie zu solch einem Verrat fähig war. Seine Wut wandte sich schnell nach innen, dass er in seiner ersten Nacht im Job versagt hatte. Er war für die Sicherheit der Gäste im Club verantwortlich. Dennoch war Pema unter seiner Aufsicht verletzt worden.

Als er neben Pema in die Hocke ging und ihre schlaffe Hand ergriff, schlug ihm bei jedem Ausatmen der Geruch von Gift entgegen. »Es tut mir so leid, dass das passiert ist. Ich habe dich hängenlassen. Ich verspreche, dass so etwas nie wieder passieren wird.« Pema antwortete nicht, sondern schloss nur die Augen, während Jace seine Arbeit fortsetzte.

Pema zu verlieren war inakzeptabel. Er hatte keine Ahnung, wie oder warum oder wann diese Frau ihm so tief unter die Haut gegangen war, aber sie hatte es getan. Der Gedanke erschreckte ihn zu Tode. Die Tatsache, dass Claire das getan hatte, war noch beängstigender. Er würde nie den triumphierenden Ausdruck auf ihrem Gesicht vergessen, als sie den Club verließ. Es war der abschreckendste Anblick, den er je gesehen hatte.

Die Gedanken an Claire ließen ihn seinen Bären an die Leine nehmen, als die Wut über ihre Taten durch ihn preschte. Bis zu diesem Zeitpunkt, wenn ihn jemand gefragt hätte, hätte er ihnen gesagt, Claire könnte keiner Fliege etwas zuleide tun. Sein Magen drehte sich um, als seine Welt auf hoher Geschwindigkeit in einen Mixer geworfen wurde.

Er mochte Claire zurückgewinnen gewollt haben, aber die Wahrheit war, diese Tat war unverzeihlich und er würde sie nie wieder wie bisher ansehen können. In dieser einen Sekunde stellte Ronan alles in Frage, was er je gewusst oder geglaubt hatte.

Er beugte sich vor, um Pemas Stirn zu küssen. »Du wirst mein Tod sein. Was mache ich bloß mit dir?«, murmelte er ihr ins Ohr.

KAPITEL SIEBEN

Ronan blickte in gequälte meergrüne Augen und sein Herz brach für das, was die Frau erlitt. Der Tod seiner Familie zerstörte alle sanfteren Gefühle, die er je empfunden hatte, aber diese Hexe brachte eine Seite von ihm zum Vorschein, die er nicht für möglich gehalten hatte. Sicher, er hatte Claire geliebt, aber das hier war etwas vollkommen anderes. Es war zärtlich, leidenschaftlich, voller Hitze und roher Lust. Es ließ ihn atemlos und beschwingt zurück, und er fühlte sich nicht gerade wohl dabei. Er hatte keinen Bezugsrahmen oder eine Ahnung, wie er mit dem umgehen sollte, was ihn durchfuhr.

Als er seine Aufmerksamkeit wieder auf das eigentliche Thema zurückbrachte, bemerkte er, dass die Musik aufgehört hatte und die Clubbesucher ihre Gruppe angafften. Er bekam das Ende der Frage mit, die Jace Pema stellte: »… würde dir das antun? Welche Feinde hast du? Es konnte kein Fae oder einer von Kadirs Verbündeten gewesen sein. Killian sagte, keiner der Alarme sei ausgelöst worden.«

»Alles ist gut hier. Kommen wir zurück zum Spaß, das soll doch eine Party sein«, verkündete Killian und gab dem

DJ ein Zeichen. Die Clubbesucher kehrten nur langsam zu ihren Aktivitäten zurück, aber sobald Musik aus den Lautsprechern schmetterte, entfernten sie sich allmählich vom Tisch.

Pemas heisere Stimme ließ es ihn jucken, sie in seine Arme zu nehmen. »Ich habe nicht so viele Feinde. Nicht, dass es wichtig wäre, wie viele Feinde ich habe … Claire und Cele haben das getan. Für mich gibt es keinen Zweifel.« Ronan hatte Claires Gesichtsausdruck gesehen und stimmte Pema zu, dass Claire verantwortlich war.

»Ich werde es genießen, dieser Schlampe Schmerzen und Qualen zuzufügen, bevor ich ihr den Kopf von den Schultern reiße«, knurrte Isis und verursachte, dass die Deckenbeleuchtung flackerte. *Magie*, erkannte Ronan mit Unbehagen und erinnerte sich daran, wie Killian ihn gewürgt hatte, ohne ihn auch nur zu berühren. Claire hatte in seinem Geist noch nie wirkliche Magie vollbracht, und hier waren sie und stellten jedes Mal ihre Macht zur Schau, wenn er sich umdrehte.

Er erinnerte sich an Killians frühere Warnung bezüglich der Gefahr, die Cele darstellte, und verspürte plötzlich das überwältigende Bedürfnis, Pema zu beschützen. Er machte sich eine geistige Notiz, Killian zu fragen, wie er sich vor Zaubern schützen könnte. Sicherlich hatte der Zauberer einige hilfreiche Informationen.

»Niemand tötet hier«, antwortete Rhys, als er Isis' Hand ergriff. »Zumindest nicht jetzt. Komm schon, du kannst mir helfen, nach Beweisen zu suchen, die ich den Ältesten vorlegen kann.«

»Ich will sie an die Wand nageln. Ich komme wieder, Pema.« Isis beugte sich vor und küsste Pemas Stirn, bevor sie sich an den Dark Warrior wandte. »Rhys, nimm das Glas, aus dem sie getrunken hat«, befahl Isis.

Als Ronan den Ernst der Situation in vollerem Umfang

sah, überlegte er noch einmal. Vielleicht hatte Claire es nicht getan. Wenn sie es getan hat, dann war sie in einer Welt voller Schwierigkeiten. Isis und Rhys hielten eindeutig Pema den Rücken frei und würden alle Beweise finden, die notwendig waren, um Claires Schuld zu beweisen, und in ihrer Welt waren die Prozesse kurz und die Strafe für dieses Verbrechen war der Tod. Er hatte das Gefühl, er sollte die Frau verteidigen, mit der er sein Leben verbracht und die er so lange geliebt hatte, aber er wusste tief in seinem Inneren, dass sie schuldig war, und er würde niemals entschuldigen, was sie getan hatte.

Er war innerhalb von Minuten in eine Million verschiedene Richtungen gerissen worden. Er hatte der Vorstellung, dass das Schicksal bei Entscheidungen eine Rolle spielen könnte, nie Glauben geschenkt, aber er konnte nicht anders, als das in Frage zu stellen. Es gab im Reich viele Fabeln über die Göttin und ihre Macht, die er nie in Betracht gezogen hatte. Als er in wunderschöne meergrüne Augen herunterblickte, konnte er nicht leugnen, dass er dazu bestimmt war, in dieser Stadt zu sein, mit dieser bezaubernden Hexe.

Jace richtete sich auf und sprach zu Pema: »Dir wird wahrscheinlich noch eine Weile schwindelig und übel sein. Du musst nach Hause gehen und dich hinlegen.«

»Ich bringe sie hinten ins Bett «, bot Ronan hastig an, »und sorge dafür, dass sie etwas Ruhe bekommt, während sie ihre Untersuchung abschließen«, und ignorierte die hundert verschiedenen Fantasien, die ihm durch den Kopf gingen und die alles andere als Ruhe beinhalteten.

Ronan nahm Pema in seine Arme, bevor irgendjemand widersprechen konnte. Er drückte ihren warmen Körper an seinen und atmete ihren süßen Erdbeerduft ein … Göttin, er machte süchtig. Ihre Kurven passten perfekt an ihn, ließen Lust durch ihn strömen und seinen Schaft hart werden.

Er begann, zu den hinteren Räumen zu steuern, als Jaces

Stimme ihn sich umdrehen ließ. »Sorg dafür, dass sie auch noch etwas mehr Wasser trinkt. Ich habe das Gift neutralisiert, aber sie muss es aus ihrem System spülen.«

»Werde ich. Und danke, dass du sie gerettet hast«, erwiderte Ronan und wandte sich ab, nachdem Jace bestätigend genickt hatte.

»Wo bringst du mich hin?«, fragte Pema, schaute mit riesigen Rehaugen zu ihm hinauf. In ihren meergrünen Tiefen braute sich ein Sturm zusammen, und es elektrisierte ihn.

»Hinten ist ein Zimmer mit einem Bett. Ich hatte Killian für verrückt gehalten, weil er das eingeplant hat, aber jetzt gerade bin ich froh, dass er es getan hat.« Er steckte sanft eine Haarsträhne hinter ihr Ohr.

»Ich bin mir nicht sicher, ob es eine gute Idee ist, mit dir und einem Bett in einem Raum allein zu sein«, flüsterte Pema mit einer kleinen Krümmung ihrer Lippen.

Ronan lehnte sein Gesicht zu ihrem hinunter, bis ihre Lippen nur noch wenige Zentimeter voneinander entfernt waren, während er vor der Tür innehielt. »Hast du Angst, dass du deine Finger nicht von mir lassen kannst?«, fragte er, als er den Knauf drehte und die Tür aufstieß. Er presste seine Lippen leicht auf ihre, dann überquerte er die Schwelle und trat die Tür zu.

»Es sind nicht meine Finger, um die ich mir Sorgen mache«, entgegnete sie und streckte ihren Hals, suchte erneut seine Lippen. Als sich ihre Lippen dieses Mal mit mehr Wucht trafen, musste er sich daran erinnern, sanft zu sein, dass sie gerade erst vergiftet worden war.

»Gut, ich will sie überall auf mir haben. Und ich will meine Zunge über jedem Zentimeter deines knackigen Körpers«, platzte er heraus, bevor er sich aufhalten konnte. Sie biss auf seine Unterlippe und es kostete ihn all seine beträchtliche Kraft, sich zurückzuziehen. »Wie fühlst du dich? Jace sagte, du solltest dich ausruhen und ich muss dir etwas Wasser holen.«

Sie legte ihre Hand auf seine Brust. »Ich will mich nicht ausruhen«, murmelte sie und beanspruchte erneut seine Lippen.

»Bist du dazu bereit? Sei dir sicher, denn dieses Mal wird es kein Aufhören geben.« Die Worte entflohen ihm mit einem harschen Knurren.

Sie schloss ihre Augen, ein Schwarm von Emotionen spielte über ihre Züge. Nach einer gefühlten Ewigkeit begegnete sie seinem glühenden Blick. »Ich fühle mich gut und ich will dich. Ich will Sex mit dir haben.«

Er drehte sie in seinem Griff und genoss es, als sie ihre Beine um seine Taille schlang. Er rieb seine Erektion grob gegen ihren Kern. Er blickte nach unten und sah, dass sie kein Höschen trug, so verflucht sexy. »Der beste Sex deines Lebens.« Er grinste und ließ sie auf das Bett fallen. Mit schnellen Bewegungen hatte er ihre Kleidung auf einem Haufen auf dem Boden.

Er starrte für lange Momente auf ihre blasse, cremefarbene Haut. Sie war atemberaubend. Er fuhr mit seinen Fingern ihre Beine hinauf, strich über ihren nassen, bedürftigen Kern, entlockte ihr ein Stöhnen, das seinen Schwanz vor Vorfreude zucken ließ. Ihre Brüste lockten und er hielt inne, um ihnen die Aufmerksamkeit zu schenken, die sie verdienten. Er rollte kecke Brustwarzen zwischen Daumen und Zeigefinger, beugte sich dann vor und saugte eine in seinen Mund.

Es war das Einfachste auf der Welt, sich in dieser Frau zu verlieren. Während er die vorzüglichsten Brüste leckte und neckte, die er je gesehen hatte, wanderte seine Hand über die flachen Ebenen ihres Bauches. Er holte tief Luft und erinnerte sich daran, dass sie gerade vergiftet worden war und er sanft sein musste. Als ihre Muskeln unter seiner Handfläche bebten, war seine Kontrolle futsch. Sie brauchte ihn genauso verzweifelt wie er sie.

Er hob den Kopf und sah, dass sie ihren Kopf nach hinten auf das Kissen geworfen hatte. Er tauchte einen Finger in ihren Schlitz und liebkoste ihr feuchtes, weibliches Fleisch. »So heiß und feucht, und es ist alles für mich«, flüsterte er und leckte sich die Lippen, die sich nach einer Kostprobe von ihr sehnten.

»Ja, für dich … bitte …«, verlor sie sich, warf ihren Kopf hin und her und hob ihre Hüften, wollte mehr von seiner Berührung bekommen. Begierig zu sehen, dass sie sich in seinen Diensten verlor, ließ er einen, dann zwei Finger in ihren Kern sinken, während sein Daumen ihren Kitzler fand.

Er kehrte mit seinem Mund zu ihren Brüsten zurück und leckte und knabberte an ihrem Fleisch. Sie keuchte seinen Namen und begann leidenschaftlich seine Hand zu reiten. Als sie einem Orgasmus nahe war, zog er sich zurück und stoppte seine Bewegungen.

»Du bringst mich um«, beschwerte sie sich. »Lass mich kommen oder fick mich jetzt«, bettelte sie in einem drängenden Tonfall.

»Noch nicht, ich brauche deinen Honig.« Sie hatte keine Ahnung, wie verzweifelt er ihre süßen Säfte auflecken und aufsaugen wollte. Sein Schwanz hatte seinen ganz eigenen Kopf und brauchte, dass ihre Sahne jeden Zentimeter seiner Länge bedeckte, während er sie in die Matratze hämmerte.

Später, versprach er sich, jetzt gerade war er begierig darauf, dass ihre Sahne seine Kehle hinabfloss. Er hob seinen Kopf und spreizte ihre Beine weit, während er sich auf das Bett kniete und ihren Po in seine Hände hob. Die festen Kugeln füllten seine Handflächen. Er biss spielerisch in ihren seidigen Arsch, bevor er sich zurücklehnte und sie anstarrte. Sie war verflucht perfekt.

Bevor er wusste, was geschah, hatte sie sich schnell aufgesetzt und sein Shirt von seinem Körper gerissen, es auf den Boden geworfen. Oh, ihm gefiel, wie aggressiv seine Frau war. Moment, *seine*? Er schüttelte den Kopf, während er laut auflachte. Er würde nicht dorthin gehen.

Sein Verstand taumelte vielleicht immer noch von dem, was mit Claire passiert war, aber er war in den letzten vierundzwanzig Stunden von Pema besessen gewesen und er brauchte sie. Pema wäre beinahe gestorben. Er drückte sie an sich und genoss ihr rasendes Herz als Erinnerung daran, dass sie am Leben war. Er hatte keine Ahnung, was er wegen Claire machen würde, aber das würde ihn nicht davon abhalten, diesen Moment mit Pema zu genießen. Sie war nackt und schön und wollte ihn.

Er ließ seine Hände um ihre Taille gleiten und legte seinen Körper auf ihren. Er stöhnte bei dem Gefühl seiner nackten Brust, die gegen ihre Vorderseite gedrückt wurde. Ihre Beine fielen auseinander und sie gab sich ihm hin, vertraute ihm ihren Körper an.

Sie fuhr mit ihren Händen über seine Brust und packte seine Brustmuskeln. »Mmmm, du fühlst dich so verdammt gut an. Deine Haare sind seidenweich und machen mich verrückt. Komm jetzt in mich rein!«

»Nein, Liebes.« Er ging wieder auf die Knie und wusste, dass sie es so verdiente, ihren Mann zu haben … auf seinen Knien, ihre Perfektion anbetend.

Ihre Erregung parfümierte die Luft um sie herum. Die Geduld war ihm verloren gegangen und er drückte ihren Arsch. Sein Bär schrie danach, ihren Arsch zu beanspruchen und ihr zu zeigen, dass sie ihm gehörte. Nicht der Gedanke, den er in diesem Moment wollte, und er schüttelte ihn ab. Die aufgestaute Lust davon, gestern zurückgewiesen worden zu sein, pfuschte mit seinem Kopf herum. Zeit, das zu beheben.

»O Ronan«, rief sie aus.

Er spreizte das Fleisch an der Spitze ihrer Schenkel und leckte von ihrer Öffnung ganz bis zu ihrem unteren Loch, wo er sie reizte. Sie schauderte vor Vergnügen. Er wusste sofort, sein Bär würde nicht lange warten müssen.

Er erinnerte sich, dass er das Zimmer ausgestattet hatte, sprang auf und griff sich das Honigglas, das er zwischen die anderen Utensilien gestellt hatte. Seine Kollegen hatten ihn ausgelacht, weil er Honig zu den Ballknebeln und dem Gleitmittel getan hatte, aber er hatte ihnen gesagt, dass viele Spezies es mochten, wenn zu ihrem sexuellen Spiel Leckereien hinzugefügt wurden. Er war froh, dass er seinem Instinkt gefolgt war und das Glas dort gelassen hatte.

Er stolzierte zurück zum Bett und begegnete ihren halbgeschlossenen Augen. Er kippte den Deckel und träufelte ihn dann zwischen ihre fleischigen Falten, bevor er sich setzte und seinen Körper zwischen ihren Beinen positionierte. Ihre Erregung, kombiniert mit dem Honig, glitzerte im schwachen Deckenlicht. Er fuhr mit seinem Finger durch ihren Schlitz und reizte ihren pulsierenden Kitzler, bevor er zu ihrem Kern zurückzog.

Er fingerte ihre Möse und fuhr dann damit fort, ihren Anus zu reizen. »Rasierst du dich, Baby?« Er hatte noch nie eine Frau gehabt, die kahl war, aber er liebte es, nichts zu haben, das dabei im Weg war, ihre Erregung zu kosten. Ihr Duft rief ihn an und er leckte einen langen Weg von ihrem Kern zu ihrem pochenden Kitzler. Sie schmeckte nach Erdbeeren und Honig, und jetzt war er heißhungrig.

»Göttin«, rief sie aus. »Nein, ich rasiere mich nicht. Hexerei«, keuchte sie. Er liebte es, wie empfänglich sie für seine Berührung war. Ihr Keuchen war Musik in seinen Ohren.

»Du kannst für meinen Geschmack zu klar denken. Ich werde das korrigieren. Schließ deine Augen. Gib dich mir hin.« Er fühlte sich, als hätte er im Lotto gewonnen, als sie es tat und ihre Beine weiter spreizte.

Wie das wilde Tier, das er tief in sich hatte, verschlang er ihre feuchten weiblichen Falten. Sie schrie auf, als er an ihrem Kitzler knabberte und daran saugte. Sie murmelte zusammenhangslos von dem Angriff seiner Zunge, mit der er sie peitschte. Er konnte an nichts anderes denken, als ihr Vergnügen zu bereiten und dann tief in sie einzutauchen. Sie machte ihn verrückt und er liebte es.

Pema war die empfänglichste Frau, mit der er je zusammen gewesen war. Ihre Haut war wie Lava unter seinen Fingerspitzen, wo er ihre Pobacken ergriff. Sie wand sich und rutschte im Takt seiner Dienste mit ihren Hüften umher. Sein Schwanz war hart und bettelte darum, ihre enge, heiße Scheide zu spüren, aber es war überraschend einfach, sein eigenes Verlangen zu ignorieren, wenn er Pema beglückte.

Er stieß seine Zunge in ihren Kanal und spürte, wie sich ihre Muskeln zusammenzogen. Sie hob ihre Hüften vom Bett, als sie versuchte, mehr Druck und Reibung auf ihr pochendes Nervenbündel zu bekommen.

Im Moment mehr Biest als Mann, ersetzte Ronan seine Zunge durch zwei seiner Finger und saugte ihren Kitzler in seinen Mund. Er schnippte mit seiner Zunge gegen den Knopf und verstärkte das Saugen, während er seine Finger in ihren Körper hinein und wieder heraus bewegte. Sie ballte die Bettdecke in ihren Fäusten, ihre Augen flogen auf und sie detonierte, als sie in einem Rausch kam. Sein Name verließ ihre Lippen in einer Litanei, während die Zuckungen sie plagten. Er zog seine Finger frei und stand auf, riss am Reißverschluss der Hose, um seinen Schaft zu befreien.

Pema versuchte ihm zu helfen, aber er hielt sie mit einer Hand bewegungslos. Für einen Moment blieb sein Herz stehen. Sie war auf Hände und Knie gegangen. Er schaffte es, sich zu befreien und hatte seinen Schwanz in der Hand, bereit, in den Arsch zu stoßen, den sie zu ihm nach hinten gewölbt hatte, und sie vollständig zu beanspruchen. Er hielt den Instinkt kaum zurück. Er hatte noch nie zuvor den Wunsch gehabt, Claire oder irgendeine andere Frau derart zu beanspruchen. Für Wandler war das ihren Schicksalsgefährten vorbehalten. Könnte sie seine sein?

Bevor er dieser Frage weitere Überlegung schenkte, begegnete Pema über ihre Schulter seinem Blick und fesselte seine ungeteilte Aufmerksamkeit. »Fick mich, Ronan. Vergiss den Rest. Ich brauche deinen Schwanz in mir, jetzt gleich.«

»Stütz deine Hände an der Wand ab, Baby. Ich kann mich nicht zurückhalten«, befahl er, als er seine Hüften nach hinten zog und dann mit einem Schwung in ihre Möse stieß. Er hielt in dem Moment inne, als er vollständig in ihrem Körper saß, und erlaubte ihr, sich an seine Länge anzupassen. Ihre Muskeln kräuselten sich köstlich um seinen Schaft, als ihre Möse ihn wie eine Faust packte.

»Ah, Göttin, Pema. Du fühlst dich so gut an. Ich hoffe, du willst es hart und schnell.« Er unterstrich seine Worte mit einer Drehung seiner Hüften, was sie Aufschreien ließ.

Sie war eindeutig in ihrer Leidenschaft verloren, drückte sich nach hinten gegen seinen Körper und begegnete ihm Stoß für Stoß. »Ja … hart, schnell«, keuchte sie.

Das war alles, was es brauchte, und seine Hüften beschleunigten sich ebenso wie seine Atmung und sein Herzschlag. Sie drückte sich nach hinten gegen ihn, aber mit jedem seiner Stöße bewegte sich ihr Körper näher an die Wand. Ein feiner Schweißfilm brach über seiner Haut aus. Er packte ihre Hüften und hielt sie fest, während ihre Hände ihren Oberkörper stützten.

Ihre hüpfenden Brüste waren ein verlockender Schatten an der Wand. Er wandte den Blick ab und war wie hypnotisiert, während sein Schwanz in ihrer heißen kleinen Möse verschwand. Es war zu viel. Er würde hart kommen.

Das vertraute Kribbeln in seiner Wirbelsäule deutete darauf hin, dass sein Orgasmus unmittelbar bevorstand. Nein, er wollte, dass es länger dauerte. Er versuchte sich zurückzuhalten, aber ihr Körper straffte sich. Sie war kurz davor und er konnte das Unvermeidliche nicht aufhalten.

Er stieß wie ein Kolben in sie hinein und sie schrie seinen Namen, ihre Möse strangulierte seinen Schwanz, als ihr Höhepunkt zuschlug. Er war sich undeutlich bewusst, dass sich ihre Schreie verändert und einen Anflug von Schmerz hatten, aber er war zu überwältigt von einem neuen und ungewohnten Gefühl, das seinen Schaft erfasste. Vergnügen und Druck bauten sich in der Mitte seines Schwanzes auf, was ihn anschwellen und ihn in ihrem Körper festhängen ließ, als sein Orgasmus zuschlug und sein Samen in ihren Kern schoss. Sein Geist erinnerte sich automatisch an die Tatsache, dass Hunde- und Bärenwandler einen Knoten bildeten, der sie während des Geschlechtsverkehrs in ihren Schicksalsgefährten verschränkte, sie dort hängen ließ.

Schmerz versengte seinen Unterarm, aber seine Hüften behielten ein langsames Tempo bei, da sein Körper jedes letzte Quäntchen Vergnügen aus ihnen beiden wringen wollte. Er begriff, dass es sich anfühlte, als wäre sein Arm verbrannt worden und er blickte nach unten, um seinen Arm zu untersuchen, und bemerkte, dass Pema ihren linken Arm hielt. Der Schmerz verstärkte sich und sein entsetzter Blick wanderte von ihrer zusammengekauerten Gestalt zu seinem linken Unterarm, sicher, dass er ihn bis auf die Knochen versengt vorfinden würde. Er war gesund und unversehrt, aber überhaupt nicht mehr wie zuvor.

Er versuchte, sich aus ihrem Körper zu ziehen, aber die Schwellung in seinem Schwanz schloss sie zusammen. Er hob seinen Arm und starrte auf ein Brandmal in Form einer

Stammes-Bärentatze, an deren Spitze vier Halbmonde standen. Die Realität dessen, was das bedeutete, traf ihn, während sein Orgasmus weiter tobte. Das Mal und die Schwellung deuteten auf ein Phänomen hin, das nur beim Schicksalsgefährten eines Wandlers auftrat.

Die Lust und das Vergnügen waren unerbittlich und wurden durch den Schmerz des Brandmals nicht gemindert. Seine Erlösung war so intensiv, dass er durch die Wucht am ganzen Körper zitterte, und das schickte sie in einen weiteren Höhepunkt. Sie schaute mit vor Angst weit aufgerissenen Augen zu ihm nach hinten. Er brüllte ihren Namen und hob sie eng an seinen Körper. Ihre Seele säuselte in seiner Brust und schickte ihn in einen weiteren Höhepunkt. Er blieb steinhart und hing weiter in ihr und es schien, als würde das Vergnügen sie beide umbringen. Ihre Körper schwelgten vielleicht in ihrer Vereinigung, aber geistig flippten sie beide aus.

Als ihre Orgasmen nachließen, traf ihn der Ernst der Situation voll und ganz. Sie waren Schicksalsgefährten! Diese Hexe trug die andere Hälfte seiner Seele. Die Göttin hatte sie für ihn und ihn für sie geschaffen. Das war die Frau, die ihn vervollständigte.

»Heilige verfluchte Kacke«, murmelte er wortkarg, als er auf dem Bett zusammenbrach und sie mit sich nahm. Er war immer noch erigiert und hing in ihr. Er schaukelte sanft in sie hinein, als sie sich auf seinen Schoß setzte. Seine Erektion ließ nicht im Geringsten nach, obwohl er mehrere Erlösungen hatte. Er wollte ihren Körper nie verlassen, er gehörte dorthin.

»O Göttin. Was ist passiert?«, flüsterte Pema. »Ich wollte keinen Gefährten!«

KAPITEL ACHT

»Was hast du dir dabei gedacht?«, fuhr Cele ihre Tochter an. Sie war fuchsteufelswild. Sie konnte sich an keine Zeit erinnern, in der sie wütender gewesen war. Sie war, genau genommen, fassungslos vor Ungläubigkeit, dass Claire so ungestüm gewesen war. Es war Jahrhunderte her, seit ihre Tochter sie so unverhohlen missachtet hatte. Sie versuchte sich zu beruhigen, vergeblich. Ihre Wut brodelte unter der Oberfläche, bereit überzukochen.

Anscheinend war sie nicht deutlich genug gewesen, als sie ihrer Tochter sagte, dass sie die Drillinge lebend brauchte. Ihr ganzer Plan hing davon ab, dass sie ihr bereitwillig ihre vereinte Macht gaben. Wie dachte Claire, dass sie die Kraft von dreien erlangen würde, wenn einer von ihnen tot war? Ohne diese Macht könnten diese drei Flittchen Cele stürzen, und das war untragbar. Cele nahm tiefe Atemzüge und suchte nach einer Ruhe, die ihr weiterhin versagt blieb, besonders angesichts der Tatsache, dass ihre Tochter in ihrer Rechtfertigung unbeugsam dastand.

»Ich dachte, Mutter, dass ich einer Rowan nicht erlauben werde, meinen Mann zu haben. Du hast darauf bestanden, dass ich meine Beziehung zu ihm beende, und wie ein Narr habe ich auf dich gehört. Ich werde tun, was auch immer es braucht, um diesen Fehler zu korrigieren!«, schrie Claire.

»Er ist deiner nicht würdig, Tochter. Außerdem gehört er nicht dir. Egal wie viele Jahrhunderte du mit dem Biest geschlafen hast, die Göttin hat ihn nicht für dich gemacht. Du trägst sein Mal nicht«, erwiderte Cele knapp und ließ all ihre Wut in ihren Tonfall fließen. Ihre Tochter hatte beinahe all ihre sorgfältig ausgearbeiteten Pläne zunichte gemacht, und doch stand sie streitlustig da. Es war offensichtlich, dass sie Claire in der Vergangenheit zu viel Spielraum gegeben hatte und dieses Verhalten würde nicht weiterbestehen. Wenn sie ihre Tochter nicht in ihre Schranken wies, würde die Situation nur eskalieren.

Cele griff sich ihren Zauberstab von der Theke und richtete ihn auf die Brust ihrer Tochter. »*Tinneasium*«, spie sie.

Claire sackte wie ein Akkordeon zusammen und wand sich für einige lange Minuten auf dem Boden, weinte und flehte um Gnade. Cele lenkte schließlich ein und wartete auf die Reue ihrer Tochter. Claire zog sich vom Boden hoch und begegnete ihrem Blick direkt. Sie schätzte den Stolz ihrer Tochter und erkannte die sture Neigung ihres Kinns. Das würde Cele nicht davon abhalten, das Notwendige zu tun, um ihre Ziele zu erreichen. Ob Claire es erkannte oder nicht, Cele tat das für sie. Eines Tages würde sie die Macht von Cele erben.

»Ich werde Pema nicht erlauben, ihn zu haben. Ich habe zu lange in ihrem Schatten gelebt, und ich werde es nicht mehr tun! Ich bin deine Tochter. Du solltest auch meine Macht anerkennen, auch wenn ich keine der prophezeiten Drei bin.«

Das stimmte und Cele hatte ihr ganzes Leben lang mit Claire und ihren Fähigkeiten gekämpft. Claire war mächtig, aber stur. Es brauchte eine Menge Überredung, um sie davon zu überzeugen, ihr Handwerk zu verfeinern, und als sie von Ronan besessen wurde, zog sie weg und kam nicht oft genug durch ein Portal nach Hause. Aber von dem Moment an, als sie von der Geburt der Rowan-Drillinge erfahren hatte, hatte Cele davon geträumt, die Prophezeiung aufzuheben, bevor sie das Tehrex Reich übernahm und Zander, den erhabenen Vampirkönig, und seinen kostbaren Rat der Dark Alliance absetzte.

Das Reich brauchte sie, um sein volles Potenzial zu erreichen. Ihrer Meinung nach sollten sie über Menschen stehen und sich nicht in deren Schatten verstecken. Zander befolgte die Erlasse der Göttin zu wörtlich. Cele glaubte, dass sie dazu bestimmt waren, die Menschen zu regieren und Schutz vor dem Bösen im Austausch für Knechtschaftsgelübde anzubieten. Es widerte sie an, dass solch vergängliche Kreaturen das Kommando über den Planeten hatten.

Cele lächelte dunkel. Die Dark Warrior würden ihr unterstehen, und alle Kreaturen würden sich ihr beugen. Sie wäre das mächtigste Wesen, das jemals existiert hat … wenn ihre Tochter es nicht für sie zerstörte.

»Du bist mein Kind und musst mir vertrauen, wenn ich dir sage, dass ich mich um die Situation kümmern werde. Die Rowan-Drillinge dürfen nicht angerührt werden. Ich werde den Wandler eliminieren, bevor ich zulasse, dass ihnen Leid widerfährt.«

»Wag es nicht, ihn anzufassen. Ich habe dir gesagt, er gehört mir! Du hast mir beigebracht, dass wir einem Feind nicht erlauben können, irgendetwas zu haben, dass ihnen das nur Kraft gibt! Und vertrau mir, Mutter, die Rowans sind unsere Feinde«, erwiderte Claire scharf, als sie sich in Celes Büro auf den Stuhl mit hoher Rückenlehne plumpsen ließ.

Cele hasste es, dass diese Situation ihrer Tochter wehtat, aber sie war nicht bereit es aufzugeben, deren Macht zu erlangen. Cele musste die Kontrolle über Claire bekommen.

»Meine liebste Tochter, du musst aufhören. Ich habe meinen Plan erklärt, mir ihre Magie zunutze zu machen. Ich werde dich noch einmal daran erinnern, dass dieser Plan beinhaltet, sie machtlos zu machen und vollständig unter meine Kontrolle zu bringen. Danach steht dir Pema zur freien Verfügung. Vorerst soll keinem der Rowan-Drillinge in irgendeiner Weise Schaden zugefügt werden. Verstehst du mich?«

Claire weigerte sich zu antworten und funkelte sie nur an. Sie sah keinen Respekt in dem Gesicht, das sie so sehr liebte. Wenn Claire sie nicht respektierte, würde sie sie sicherlich fürchten. Cele hob wieder ihren Ahornzauberstab und richtete ihn auf ihre Tochter. »*Tinneasium*«, murmelte sie und spürte die Vibration ihrer Magie und beobachtete, wie Claire vor Schmerz aufschrie. Cele verhärtete ihr Herz und beobachtete, wie ihre Tochter sich schreiend nach vorne krümmte. »Ich liebe dich, Tochter, aber du wirst weiterhin leiden, wenn du dich weigerst, mir zu gehorchen. Rühr keine der Rowans an!« Cele wusste, dass ihre Augen vor Wut loderten, und schwelgte in der Art, wie Claire vor ihr zurückschreckte. Ihre Tochter würde es sich zweimal überlegen, bevor sie sie wieder missachtete.

Claire flehte sie an, während Tränen über ihre Wangen strömten: »Mutter … hör auf … bitte.« Sie schluchzte und hatte Mühe, sich aufzusetzen. Als sie Blut aus Claires Nasenwinkel rinnen sah, senkte sie ihren Zauberstab und gab schließlich nach.

Sie umkreiste den Schreibtisch, drückte den Kopf ihrer Tochter zärtlich an sich und streichelte ihr Haar. »Süße, du musst mir zuhören. Ich weiß, dass du Ronan willst, aber du musst die Situation mir überlassen. Ich will dir nicht noch einmal wehtun, aber ich werde es tun, wenn du mir keine andere Wahl lässt.«

Claires Tränen liefen ungehemmt weiter und sie konnte

fühlen, wie sie unter ihrer Handfläche zitterte. »Ja, Mutter«, stimmte sie mühelos zu, aller Kampf war aus ihr gewichen. Cele fragte sich, wie lange das vorhalten würde. Sie wusste, dass ihre Tochter nicht tatenlos zusehen würde, wie Pema sich das nahm, was sie für sich beansprucht hatte. Cele musste einen Weg finden, Ronan und Pema auseinander zu halten, und die Drillinge dazu zwingen, ihr deren Kräfte zu geben, bevor das geschah.

Sie fasste ihre Tochter in ihre Arme und gurrte ihr ins Ohr. »Keine Sorge, mein Plan wird funktionieren, Schatz. Ich werde ihre Macht sammeln und sie mit meiner eigenen kombinieren. Pema wird nichts bleiben.«

* * *

»Auf keinen verflixten Fall! Das ist die beste Nachricht, die ich seit Moms Verpaarung gehört habe«, sagte Suvi aufgeregt.

Pema seufzte, Suvi war so eine hoffnungslose Romantikerin. »Jaah, nicht so sehr, Suvi. Du hörst mir nicht zu. Ich habe nicht darum gebeten. Die Göttin muss das zurücknehmen.«

Suvi schnappte nach Luft und legte ihre Hände über ihren Mund. »Sag das nicht. Sag das niemals. Das Schicksal wird dich für eine solche Blasphemie leiden lassen. Ich weiß, du hältst das für einen Fluch, aber es ist ein Segen. Die Chance zu bekommen, eine Liebe zu finden, die größer ist als das Universum, diese eine Person zu haben, die dich dazu bringt, dein Gepäck auszupacken und dich niederzulassen, ist das größte Geschenk, das du jemals bekommen wirst.«

»Wenn man darüber nachdenkt, ist diese Nachricht nicht wirklich überraschend. Die Zeichen waren alle von Anfang an da, und ich bin schockiert, dass wir sie übersehen haben. Die Chemie zwischen euch zwei war explosiv. Die Vorhänge in Brand steckend explosiv. Und Suvi hat Recht, das ist kein Fluch«, fügte Isis hinzu.

»Moms Verpaarung war der schlimmste Tag meines Lebens. Es hat mich umgebracht, Dad so am Boden zerstört zu sehen, und ich habe mir geschworen, niemals Teil von etwas zu sein, das jemandem so viel Schmerz verursachen würde. Auch wenn es nicht beabsichtigt war. Es fällt mir schwer, das, was ich damals fühlte, mit dem in Einklang zu bringen, was ich jetzt fühle«, antwortete Pema, während sie sich umdrehte und den kleinen Stummel wegwarf, der vom verbrannten Räucherwerk übrig geblieben war.

Es war schwer, ihrer Schwester völlig Unrecht zu geben, wenn ihr Körper vor Sättigung summte, trotz der Tatsache, dass ihr Kopf sie umbrachte. Der innere Kampf darüber weigerte sich, nachzulassen, und es verursachte ihr Migräne. Sie war eine Hexe und bekam nie Migräne. Damit lachte das Schicksal sie bestimmt aus. Anstatt sich von Ronan fernzuhalten, gab sie ihren Verlangen nach und wurde mit einem Gefährten belohnt, einem Gefährten, den sie nicht wollte.

Sie hatte sich gesagt, dass sie das eine Mal Sex mit ihm haben und ihn aus ihrem System bekommen würde. Jetzt war der Mann so tief in ihr, wie es jemals irgendjemand sein würde. Sie wollte ihn mit jeder Sekunde, die verging, mehr, er verzehrte jeden ihrer Gedanken. Sie war infolgedessen in einem ständigen Zustand der Erregung und des Unbehagens. Seine Seele säuselte in ihrer Brust und sie warf einen Blick auf das Brandmal auf ihrem linken Unterarm.

Ihr Gefährtenmal brannte schmerzhaft und wurde nicht schwächer, als sie den Umriss mit einem Kühlzauber nachfuhr. Sie wusste, dass der Schmerz nur schlimmer werden würde, bis sie die Verpaarung abgeschlossen hätten. Es war das Mittel der Göttin, um sicherzustellen, dass sie einander nicht von sich weisen konnten.

Sie spürte, wie die Verbindung zu ihm von Minute zu

Minute wuchs. Wenn sie sich konzentrierte, konnte sie sogar erkennen, dass er durch den Verkehr fuhr und wegen der Verpaarung genauso aufgebracht war wie sie. Er hatte es nicht mehr gewollt als sie es ursprünglich wollte, weil er Claire zurückgewinnen wollte. Sie hatten überhaupt nichts besprochen, bevor sie sich hastig wieder angezogen und ihre Schwestern gesucht und dann den Club verlassen hatte, so dass sie sich seiner genauen Haltung nicht sicher war. Aber durch ihr Band spürte sie, dass er versuchte, es zu verarbeiten, ihr Gefährte zu sein.

Es war erstaunlich, zu bedenken, wie komplex die Pläne der Göttin waren. Es mussten viele verschiedene Faktoren eintreten, um ihn nach Seattle und zu ihrer Türschwelle zu bringen. Es bewies ihr, dass ihr Treffen unvermeidlich war. Sie hatte es vielleicht nicht gewollt, aber jetzt hatte sie es und musste einen Weg finden, diese ganze Situation zu verarbeiten.

Nachdem sie aus Ronans Bett gerannt war, war es eine lange Nacht gewesen, gefolgt von einem langen Morgen. Jace hatte mit den Laborergebnissen angerufen. Seine Wissenschaftler hatten Proben aus den verbleibenden Flüssigkeitstropfen in ihrem Glas genommen und bestätigt, dass sie mit Zyanid kontaminiert waren. Die Dosis war so konzentriert gewesen, dass sie gestorben wäre, bevor Jace ihr helfen konnte, wenn sie keine Übernatürliche gewesen wäre.

Claire hatte sie vergiftet und wenn Jace nicht da gewesen wäre, wäre sie gestorben. Pemas Wut entzündete sich bei dem Gedanken und verwandelte sich schnell in Rage. Fast sofort begann der Boden zu beben, als Isis Pemas Emotionen absorbierte. Als sie entdeckte, dass ein Riss im Betonboden erschien, wandte sie jede Beruhigungstechnik an, die ihre Mutter ihr je beigebracht hatte. Ihre Gefühle zur Ruhe zu bringen war lebenswichtig, bevor in ihrem Laden noch mehr Schaden angerichtet wurde. Sie griff nach einem

Räucherstäbchen, entzündete das Ende und betete zur Göttin, dass es Frieden und Ruhe in die Atmosphäre bringen würde.

Sie sah nach der Uhrzeit und stellte fest, dass Ronan bald da sein würde. Das beanspruchte ihre ganze Aufmerksamkeit und ließ ihr Blut vor Vorfreude summen. Sie war froh, dass ihre Wut umso lasziver wurde, je näher er ihrem Standort kam.

Sie konnte versuchen, ihre Gefühle zu leugnen, so viel sie wollte, aber sie konnte nicht vergessen, dass es sich richtig anfühlte, mit ihm zusammen zu sein. Ihr Körper und ihre beiden Seelen schrien danach, dass sie zu ihm gehen und die Verpaarung beenden sollte. Sie wusste nur zu gut, dass die Qual nur noch zunehmen würde, bis sie die Zeremonie abgeschlossen hatten.

Sie rieb das Gefährtenbrandmal auf ihrem Unterarm, das wie Säure brannte. Der Schmerz nahm mit ihrer Erregung zu und die Frage, ob sie für den Rest ihres unsterblichen Lebens mit dem Unbehagen leben könnte, ging ihr durch den Kopf. Die Realität war, dass sie niemals Erleichterung finden würde, wenn sie mit dieser Verpaarung nicht fortfahren würde.

Sie hörte das Zuschlagen einer Tür und schaute aus dem Fenster, wo Ronan vor seinem Truck herüberging. Er sah sündhaft gut aus und sogar sein Truck war sexy, dachte sie reumütig. Was hatte es mit einem Mann und seinem Truck auf sich?

Er ging mit Zuversicht und Entschlossenheit. Sie erschauderte, selbst das machte sie an. Sie wollte ihn unbedingt. Es gab nichts an ihm, was sie nicht schwach machte. Als unabhängige Frau fand sie männliche Macht normalerweise dominierend, aber die Art und Weise, wie sie aus seinen Poren sickerte, brachte sie dazu, ihm alles geben zu wollen, was er verlangte. Okay, wenn sie nicht aufhörte, wie ein liebeskranker Welpe nachzutrauern, würde sie sich selbst in den Arsch treten.

Das Beängstigendste daran war, dass sie diesen Wandler mehr als alles andere wollte. Sie skandierte eine Reihe von Verleugnungen, während sie ihren Kopf schüttelte. Sie mussten reden, und wenn es nach ihr ginge, würde es kein Gespräch geben. Sie drehte sich zu ihren Schwestern um und spie schnell aus: »Geht ins Büro. Nein, wartet, bleibt hier.« Sie steckte schon viel zu tief drin. »Ich weiß, ich klinge verrückt, und vielleicht bin ich es auch.«

»Wir gehen nach hinten. Ich will weder deine intimen Teile noch seine sehen. Ruf uns, wenn du Hilfe dabei brauchst, ihn in eine Kröte zu verwandeln, Schwesterchen«, bot Isis an und umarmte sie dann fest und rasch.

»Halt ihn fest und lass ihn nicht los. Du verdienst Glück, Pema«, flüsterte ihr Suvi ins Ohr, bevor sie Isis zum Büro folgte.

»Jaah, danke«, murmelte sie, während sie ins Hinterzimmer stolzierten. Sie stand mit dem Rücken zur Tür, als sie das Windspiel hörte. Ihr Herz begann schnell wie die Flügel eines Kolibris zu flattern. Das war das Geräusch, das sie gehört hatte, als er zum ersten Mal in ihr Leben getreten war und es für immer verändert hatte. Der Klang würde ihr Inneres für immer zum Schmelzen bringen.

Sie erinnerte sich an seinen holzigen Duft und die Art, wie eine Locke über seinem Auge hing, als das Sonnenlicht seine Gestalt umrahmte, was sie sich nach Vervollständigung sehnen ließ. Sie war auf die Emotionen, die die Erinnerung hervorrief, nicht vorbereitet. Sie holte tief Luft und stählte ihre Nerven, bevor sie sich umdrehte.

Als sie ihn vor sich stehen sah, verließ sie ihr Atem mit einem Zischen. Kein Mann hatte das Recht, so vernaschbar auszusehen. Eine dichte Augenbraue hob sich über seine warmen, schokoladenbraunen Augen. Er fuhr sich nervös mit der Hand durch sein dichtes, lockiges braunes Haar. Diese widerspenstige Locke fiel ihm wieder ins Auge und sie wollte sie wegstreichen, seine Wangen umfassen und dann seine sinnlichen Lippen küssen.

Ihr Blick wanderte in einer langsamen Prüfung nach Süden. Sie hatte sich noch keinen guten Blick auf ihn erlaubt, und nach allem, was sie durchgemacht hatte, fand sie, dass sie das verdient hatte. Sie war eins fünfundsiebzig groß und bevorzugte hochgewachsene Männer. Ronan enttäuschte nicht. Er war gute eins achtzig muskulöser Pracht.

Das Bild von ihm, wie er in sie hinein und aus ihr herauswogte, während er sie unter sich einsperrte, blitzte in ihrem Geist auf und verursachte ihr Schmerzen. Ihr Gefährtenmal begann zu brennen und ihr Bauch zog sich vor Verlangen zusammen. Nichts in ihrem Leben war vergleichbar mit der Art und Weise, wie der Verpaarungsdrang sie zwang, zu erkennen, was zu ihr gehörte. Sie konnte nicht leugnen, was ihr Körper wollte. Das verhieß für ihre Willenskraft oder das Gespräch, das sie führen mussten, nichts Gutes. Sie hatte Fragen. Wollte er Claire immer noch? Wie empfand er wegen ihrer Verpaarung? Wie machten sie von hier weiter?

Trotzdem konnte sie im Moment nichts davon zählen lassen. Er war ganze zehn Sekunden im Laden und sie fragte sich, warum er nicht schon in ihr war. Sie betete zur Göttin um Kraft. O richtig, die Göttin hatte sie in diese missliche Lage gebracht. Aus dieser Richtung würde es keine Hilfe geben.

Sie erwischte ihn dabei, wie er sie auch auscheckte, und plötzlich blähten sich seine Nasenflügel und er knurrte leise in seiner Kehle. Zweifellos hatte er den Geruch ihrer Erregung aufgenommen. Dieser war schwerer als das Sandelholz-Räucherwerk. Es wäre ihr peinlich, wenn sie nicht so damit beschäftigt wäre, ihm dabei zuzusehen, wie er sich die Lippen leckte. Der Anblick seiner Zunge, die über seine vollen Lippen glitt, ließ sie daran denken, was er in der Nacht zuvor damit mit ihr angestellt hatte. Sich zu konzentrieren wäre einfacher, wenn die Orgasmen, die er ihr beschert hatte, sie nicht buchstäblich zu den Sternen transportiert hätten. Sie wollte mehr davon, welche Frau würde das nicht?

Alles an ihm war animalisch und roh. Sein glühender starrer Blick sah direkt in ihre Seele. »Willst du Claire immer noch?«, fragte sie und wünschte sich, sie würde nicht wie ein eifersüchtiger Teenager klingen. Ranken seiner Erregung, die seinen moschusartigen Nadelbaumgeruch nur verstärkten, schwächten ihre Entschlossenheit und ihre Fähigkeit, zusammenhängend zu denken.

Als er nicht antwortete, sondern sie nur anstarrte, wandte sie sich ab, da sie die wachsende Anspannung brechen musste. Er packte ihren Arm und wirbelte sie wieder herum. Als er seine Arme um ihre Taille schlang, wurde sie starr an seiner Brust. Ihr Herz sagte ihr, dass sie dort hingehörte, aber sie war sich nicht sicher, wie er empfand.

»Warum fragst du mich das überhaupt?«, war seine Antwort, während er sich hungrig über die Lippen leckte.

»Wir können so nicht weitermachen.« Sie würde dieses Spiel nicht mitspielen. Das bedeutete natürlich, dass sie ihn einer anderen Frau überließ und sich zu einer Lebenszeit voller Schmerzen verdammte. Schmerzen, erkannte sie, mit denen sie leben konnte. Es war der Gedanke, dass er mit einer anderen Frau zusammen war, gegen den sich ihre Seele auflehnte ... Sie würde verdammt sein, wenn sie das zulassen würde.

»Wir werden das bis in alle Ewigkeit machen ... *Gefährtin*«, versprach er und küsste sie auf die Wange. Sofort verflüchtigten sich alle Gedanken, als sie seine Lippen mit ihren suchte und krallte an seinem Shirt, um es auszuziehen. Er half, indem er es sich über den Kopf zog und es auf den

Boden warf. Es war, als hätte ein gefräßiges Biest die Kontrolle über ihren Körper übernommen.

»Dein süßer Erdbeerduft intensiviert sich mit deiner Erregung«, murmelte er. »Ich brauche deinen Geschmack in meinem Mund.«

Sie schnitt ihm das Wort ab: »Sag so was nicht. Du musst gehen, wir können das nicht tun«, murmelte sie an seinem Hals, wo sie sein Fleisch leckte, küsste und daran knabberte. Sie befahl sich, den Kopf zu heben und einen Schritt zurückzutreten, aber ihre Hände hatten ihren eigenen Kopf und begannen eine gemächliche Prüfung seinen muskulösen Rücken auf und ab. Sein Stöhnen erfüllte ihr Ohr, als er seinen Kopf drehte und ihre Ohrmuschel leckte, dann begann er, an ihrem Hals zu saugen.

Sie schrie fast auf, als er innehielt, um ihr ins Ohr zu flüstern. »Ich gehe nicht. Ich bin so verwirrt wie jeder andere, aber ich kann nicht leugnen, was ich für dich empfinde. Bei diesem Thema bin ich vollkommen klar.«

KAPITEL NEUN

»Du bist mein und ich bin dein. Es gibt niemanden sonst, unsere Seelen können diese Wahrheit nicht leugnen«, schwor Ronan. Pemas Herz raste vor Panik und Angst ebenso wie vor Erregung. Es war, als hätte ihr Gehirn beschlossen, Urlaub zu nehmen und ihrem verräterischen Körper bis auf weiteres den Laden schmeißen zu lassen. Hilflos lehnte sie sich an ihn, als er mit seiner Hand an der Wölbung ihrer Brust herunterfuhr, sie reizte.

»Und ich habe vor, meinen Schwanz so tief in dir zu vergraben, dass wir nicht wissen, wo ich aufhöre und wo du anfängst«, polterte er, während er mit seiner heißen Zunge ihren Hals hinauffuhr.

»Göttin, hilf mir …« Pema beendete ihr Flehen nicht. Ronan ließ seinen Mund in einem Kuss auf ihren krachen, der so heiß und energisch war, dass sie ihm völlig ausgeliefert war. Er übernahm die Kontrolle und besaß sie auf eine Weise, die sie noch nie zuvor erlebt hatte. Es war energisch und fordernd, mit einem Zusammenstoß von Zähnen und Zungen, und es erregte sie wie nichts anderes. Ihre Vorbehalte flogen aus dem sprichwörtlichen Fenster, als sie nachgab, vor Vergnügen stöhnte und seinen Kuss erwiderte. Sie fuhr mit ihren Fingerspitzen über seinen nackten Rücken und versenkte ihre Fingernägel in seinem Fleisch.

Das Gefühl, wie sich seine Seele um ihre hüllte, spiegelte die Art und Weise wider, wie sein Körper ihren umschloss, und es raubte ihr den Atem. Durch ihre Verbindung spürte sie, wie der Bär unter seiner Haut herumstreifte, und es war höllisch erotisch. Noch nie war ein Mann bei ihr so aus den Fugen geraten, und das bestärkte sie in ihrem Handeln.

Ohne bewussten Gedanken rieb sie ihre Hüften gegen seine Erektion, was sein Tier noch näher an die Oberfläche brachte. Sie wollte sich auch mit dem Bären verbinden, und um das zu tun, musste sie ihn direkt unter seiner Haut spüren. Die meisten Wandler vergruben ihr Tier aus Sicherheitsgründen tief im Inneren, während sie Sex hatten. Ein außer Kontrolle geratener Wandler war gefährlich und unberechenbar. Sie wollte seinen Bären in keiner Ecke haben; sie wollte ihn direkt unter ihrer Berührung.

Sie zog sich zurück und sah dieses Mal seine Augen deutlich, sie glühten in einer brillanten Cognacfarbe, schwer vor Lust. Pema wölbte ihren Rücken und drückte ihren Körper gegen seine behaarte Brust. Er fuhr mit der Hand seitlich über ihren Hals und ihre bloßen Schultern. Seine Finger glitten in das Oberteil ihrer Bauernbluse und schoben diese langsam nach unten, um sie seinem Blick zu enthüllen.

Ihre Brustwarzen zogen sich unter seinem prüfenden Blick zusammen, eine stille Bitte um Aufmerksamkeit. Sie drückte sich wieder gegen ihn, brauchte den Kontakt, die Reibung. Bei jedem Atemzug hoben sich ihre Brüste und rieben ihre Brustwarzen verlockend an seiner Haut. Es verursachte, dass eine Flut von Nässe aus ihrem Kern sickerte. Ihr Verlangen war intensiv und unleugbar und er hatte sie kaum berührt.

Auf keinen Fall hätte sie darauf vorbereitet sein können, wie Intimität zwischen Gefährten war.

Er zog sich zurück und starrte sie in schamlosem Hunger an. Seine Augen sagten ihr, dass er sie wollte, und nur sie. Sie liebte es, wie ihr Körper diesen Mann fesselte. Seine Finger tanzten von ihren Schultern zu ihren genarbten Spitzen, kniffen und zogen dann daran, dehnten sie weiter in die Länge. »Göttin, das fühlt sich so gut an, Ronan. So verdammt gut, es muss eine Sünde sein.«

»Keine Sünde, Liebes. Richtig«, erklärte er und saugte ihre Brustwarze in seinen Mund. Er bearbeitete ihr Fleisch wie eine Geige und sie liebte es. Pema griff nach seiner Hose und fummelte am Reißverschluss herum.

Er küsste sich zu ihrer anderen Brust und schob ihren langen, fließenden Rock über ihre Hüften nach unten. Ihr Körper befand sich auf einer Dreifachschleifen-Achterbahn, als er mit seinen Fingern unter den Rand ihres Seidenhöschens strich. *Ja,* flehte sie stumm. Sie hatte sich seit zwei Tagen nach ihm gesehnt und letzte Nacht war nicht genug gewesen.

Sie schlenkerte und der Stoff fiel zu Boden. Ein helles Licht blendete sie einen Moment lang und erinnerte sie daran, dass sie sich in ihrem Laden vor einem großen Panoramafenster befanden. Sie schaute sich in einer sinnlichen Benommenheit um, suchte nach einem privaten Platz und entdeckte einen Stoffsessel an der Seite. Sie ergriff seine Hand und zog ihn in dessen Richtung, während sie seinen Reißverschluss senkte, seine Erektion befreite, wodurch ihr das Wasser im Mund zusammenlief.

Sie wollte diesen Mann genau jetzt, ungeachtet von allem anderen. Sie schob seine Hose beiseite, um alles anzunehmen, was Ronan ihr zu geben hatte. Sie legte die Hand, mit der er sie neckte, zwischen ihre Beine. »Spür, was du mit mir machst. Wie heiß und feucht du mich machst. Das ist von einem Blick so. Ich brauche dich … jetzt.« Er streichelte sie und das Stöhnen, das ihr entfuhr, war tief und kehlig.

Sie griff nach unten und berührte seinen langen, dicken Schwanz. »Härter«, verlangte er. »Drück ihn. Streichle ihn.« Sein Kopf fiel nach hinten und er stöhnte, pumpte sich in ihre Hand. Ihre freie Hand griff unter seinen Schaft und umfasste seine Eier. Ein fester Druck ließ seinen Kopf nach vorne schnellen. Er knurrte, als sie mit ihrem Daumen über den glitschigen Schlitz fuhr und ihren Rhythmus beschleunigte. Ungeduldig zog er ihre Hände von sich und hob sie hoch.

Sie quietschte, als er sie auf seinen Schwanz senkte. Das heiße, nasse Gleiten ihres Fleisches über seinen Schaft brachte sie dem Höhepunkt aufreizend nahe. Es war nichts für ihren starken Gefährten, dort zu stehen und sie zu halten, während sein Schwanz bis zum Anschlag in ihrem Kern vergraben war. Er schmiegte seinen Kopf in ihre Halsbeuge und stand still. Angesichts seiner schwerfälligen Atmung schätzte sie, dass er versuchte, die Kontrolle über sich selbst wiederzuerlangen.

»Sessel … schnell«, sie zeigte auf die Ecke. »Göttin hilf uns, aber wenn du dich nicht bald bewegst, sterbe ich vielleicht«, nuschelte sie, während ihre Möse sich um ihn verkrampfte und löste, als er zu dem Sessel ging.

»Ja«, zischte sie, die Bewegung trieb sie über den Rand, und sie schrie durch ihren Höhepunkt auf.

»So ist's gut, komm hart für mich, Baby«, erwiderte er und leckte ihre Brustwarze, während er sich auf den Sessel sinken und seinen Schwanz in ihr verwurzelt ließ.

* * *

RONAN WAR in seiner Gefährtin und sie war gerade auf seinem schmerzenden Schwanz gekommen. Das heiße

Gleiten in und aus ihrer süßen Möse bereitete ihm ein unvorstellbares Vergnügen. Er wollte tagelang in dieser perfekten Frau vergraben bleiben. Nachdem sie zusammen gewesen waren, war er besorgt und verwirrt gewesen. Er hatte einen sorgfältig ausgearbeiteten Plan gehabt, um Claire zurückzugewinnen, aber all das änderte sich, nachdem er herausfand, dass sie Pema vergiftet hatte. Und dann erfuhr er, dass Pema seine Schicksalsgefährtin war.

Er weigerte sich, an der Vergangenheit festzuhalten, und war entschlossen, mit Pema zusammen zu sein. Ihm wurde das Geschenk seiner Schicksalsgefährtin gegeben und er hatte nicht vor, es zu vergeuden. Er hasste es, dass seine frühere Beziehung zu Claire Mauern zwischen ihnen errichtete. Er hatte vor, diese Stein für Stein niederzureißen, denn jeder Moment, den er mit Pema verbrachte, ließ ihn sich noch mehr in sie verlieben. Er wollte seine Gefährtin beanspruchen und alles, was das mit sich brachte.

Er schlang seine Arme um Pema, als sein Beschützerinstinkt sich breitmachte. Niemand würde ihr jemals wieder Schaden zufügen. Er würde sterben, bevor er das zuließ. In der Zwischenzeit glitten seine Hände nach unten und packten ihren Arsch, bewegten sie auf und ab. Sein Tempo war langsam, aber als sie nach Luft schnappte und ihre Nägel im Fleisch seines Rückens vergrub, beschleunigte er sein Tempo und hämmerte in sie hinein. Ihr Kanal wogte um ihn herum, und so schnell war sie wieder kurz davor.

Sie mochte leugnen, was zwischen ihnen passierte, aber ihre Reaktion gab ihm Hoffnung für die Zukunft. Sie war von ihm genauso berührt wie er von ihr. Sie warf ihren Kopf zurück und übernahm die Kontrolle, ritt ihn hart. Er lehnte sich herunter und saugte an ihrem Nippel, während er zwischen ihre Körper griff und ihren Kitzler fand. Er zwickte hinein und sie kam in einem Ansturm und schrie seinen Namen. *Seinen* Namen. Er wollte sich triumphierend auf die Brust schlagen.

Er schloss die Augen. Nichts existierte in diesem Moment außer ihnen. Als der heiße Strom von Pemas Höhepunkt seinen Schwanz überflutete, kannte Ronan das wahre Gefühl von Liebe und Familie. Seine Zähne verlängerten sich in die Reißzähne seines Bären und zum ersten Mal begriff er den wahren Schmerz, seine Gefährtin beanspruchen zu müssen.

Er biss die Zähne gegen das Verlangen zusammen. Sie würde ihm niemals verzeihen, wenn er mit der Verpaarung fortfahren und ihr Blut nehmen würde. Sein Arm stand in Flammen, aber nichts davon schmälerte sein Vergnügen und war leicht beiseitegeschoben. Sie gehörten nicht in diesen Moment. Sie würden die Verpaarung bald abschließen, sagte er sich.

Er beobachtete, wie sein Schwanz tiefer in dem schlüpfrigen Hafen zwischen ihren Beinen verschwand. Er streichelte ihre Arschbacken und ließ seinen Finger in die Spalte gleiten. Er erreichte ihren Kern und bedeckte seinen Finger mit ihrer Feuchtigkeit. Er würde den Blutaustausch nicht beginnen, wie es sein Körper verlangte, aber wagte er es, seinem Tier nachzugeben und ihre dunkle Passage zu beanspruchen? Sie wurde wild und bockte, als sein Finger ihren Hintern reizte und langsam in die enge Öffnung eindrang. Er bearbeitete ihren Kitzler mit einer Hand und fingerte ihren Arsch mit der anderen, während er an ihrer Brust saugte und in sie stieß.

Seine Wirbelsäule kribbelte und sein Samen wogte in seinen Schaft. Die Mitte seines Schwanzes füllte sich mit Blut und der Verpaarungsknoten schwoll an, verschränkte ihn mit seiner Gefährtin. Der Verpaarungsknoten verstärkte sein Vergnügen auf ein unglaubliches Niveau. »Eines Tages, Pema, werde ich alles von dir haben«, schwor er, sein Atem ging jetzt keuchend. Er stieß so weit in sie hinein und heraus, wie es der Knoten erlaubte.

»Ja«, rief sie aus, als sie wieder den Höhepunkt erreichte. Ihr Körper verlangte von ihm, seinen Samen aufzugeben, und er war machtlos, es zu verweigern. Er hob seinen Kopf, wollte verzweifelt ihre meergrünen Teiche voller Verzückung sehen, während er ausbrach. Er hielt sie eng an sich, während er mit flachen Stößen in sie trieb, wollte jetzt fieberhaft diesen Gipfel mit ihr erreichen. Bevor sie von ihrem dritten Höhepunkt herunterkam, ließ er seine Hüften rollen und zog sie enger an seinen Körper.

Unfähig, sich länger zurückzuhalten, explodierte er, sein Samen ergoss sich in den Mund ihres Leibes. Er rieb sich fester an ihr und sie kam noch einmal. Er war überrascht, als seine Gedanken sich zu der Frage verlagerten, ob sie aus dieser Vereinigung ein Kind bekommen würden. Er wusste, dass die Schwellung bedeutete, dass er jetzt fruchtbar war, und zum ersten Mal in seinem langen Leben sehnte er sich nach einer Familie mit dieser kostbaren Frau, die nur für ihn geschaffen worden war.

Er begegnete Pemas glühenden meergrünen Augen. Sie war so schön, sein Herz sehnte sich schmerzlich danach, sie vollständig zu haben. »Eines Tages, bald, werde ich dich für immer beanspruchen«, garantierte er.

KAPITEL ZEHN

Pema sah zu, wie Ronan vor dem *Black Moon* vom Bordstein wegfuhr, und fragte sich, wann sie ihn wiedersehen würde. Sie war machtlos gegen den Verpaarungsdrang und genoss es, dass jede Begegnung sie nur enger zusammenbrachte. Sie verfiel Ronan und es kümmerte sie nicht, dass sie anfällig für Herzschmerz und Verlust war. Sie hatte nicht Teil von etwas sein wollen, das das Herz ihres Vaters zerschmettert und ihn als gebrochenen Mann zurückgelassen hatte, aber der Sog war unbestreitbar.

Keine ihrer Fragen spielte eine Rolle, denn sie wusste mit Sicherheit, dass er nur sie wollte. Seine Erklärungen trugen viel dazu bei, ihre Unsicherheit zu beruhigen. Tatsache war, dass sie sich beide dauerhaft verändert hatten und es kein Zurück mehr gab.

Das blendende Licht eines Autofensters zwang sie, ihre Augen abzuschirmen. Als sie sich umdrehte, um ihre Schwestern aus dem Büro zu rufen, erhaschte sie einen Blick auf einen grauen Mercedes, der davonfuhr. Als sie zum zweiten Mal hinsah, glaubte sie, eine Frau mit mausbraunen Haaren zu sehen, die genau wie Claires aussahen. Wenn diese Hexe dachte, ihr wieder etwas anzutun, würde sie sich umschauen. *Zieh keine voreiligen Schlüsse,* tadelte ihre innere Stimme. Die Vergiftung muss sie paranoid gemacht haben, es war unmöglich, dass es Claire gewesen war.

Sie hörte das Klicken der Hintertür, gefolgt von den Schritten ihrer Schwestern. »Verdammt, ich kann nicht glauben, dass du ihn vorne in unserem Laden wie ein Wildpferd geritten hast. Du hast Glück, dass niemand reingekommen ist, aber ich bin stolz auf dich«, frohlockte Suvi. »Wir müssen dir ein Seil und Stiefel mit Sporen besorgen. Hü, Mädchen«, jauchzte Suvi und wirbelte ihren Finger im Kreis über ihrem Kopf, als sie das Büro verließ, gefolgt von Isis.

»Er ist großartig«, seufzte Pema aus dem Fenster schauend. »Die Göttin hat mich mit einem talentierten Gefährten gesegnet und ich kann mir nicht helfen, wenn er in der Nähe ist.« Ihre Welt drehte sich um ihre eigene Achse und sie war gespannt, was als nächstes kommen würde.

»Er mag großartig sein, Schwester, aber du hast halb Seattle deinen blanken Arsch gezeigt«, merkte Isis an, während sie sich an eine Vitrine lehnte. »Und wir müssen diesen Sessel zur Reinigung schicken. Ich kann nicht darauf sitzen, wenn ich weiß, was ihr getan habt. Wie wäre es, wenn du es das nächste Mal mit dem Wandler machst, du zuerst ein Handtuch hinlegst«, neckte Isis.

Sie musste ihre Finger von dem Mann lassen und nicht anfangen, über das nächste Mal zu fantasieren. Ihr Gefährtenmal begann zu jucken und zu brennen, als ihr Verlangen anstieg. »Darüber brauchen wir uns keine Gedanken zu machen. Wir haben es nie tatsächlich auf den Sessel geschafft«, sagte sie und rieb sich den Schmerz in ihrem Arm.

»Ich bin die schlechteste Schwester auf dem Planeten«, sie gestikulierte wild mit ihren Händen, »ich habe nicht einmal darüber nachgedacht, wie sich meine Handlungen auf euch beide auswirken werden, und ich glaube, ich habe Claire am Laden vorbeifahren sehen, nachdem er gegangen ist. Was ist, wenn sie wegen mir einer von euch wehtut?«, fragte Pema empört über ihren Egoismus.

Ihre erste Sorge hatte immer ihren Schwestern gegolten. Dennoch hatte sie sie in Gefahr gebracht, in Claires Fadenkreuz zu geraten, und hatte nicht einmal darüber nachgedacht, wie sie sie schützen könnte. Sie war zu sehr damit beschäftigt gewesen, atemberaubenden Sex mit ihrem Gefährten zu haben.

»Du bist nicht verantwortlich für das, was Claire tut. Wir können uns selbst schützen«, erklärte Suvi und richtete eine Auslage mit Zaubertränken. »Ich liebe es, dich so glücklich zu sehen. Du strahlst förmlich, Pema. Ich kann es kaum erwarten, meinen Gefährten zu finden. Das klingt alles so lecker. Und ich hoffe, er ist ein Vampir wie Bhric. Ich liebe Fänge …« Als ihre Schwester langsam verstummte, stieg Rauch aus Suvis Silberring auf und wurde zu ihrem Vertrauten, einer schwarzen Fledermaus, die sie ausgerechnet Bhric genannt hat. Er setzte sich in Bewegung, landete auf Suvis Schulter und schmiegte sich an ihr Ohr. »Hallo, mein Süßer.« Sie streichelte die Fledermaus geistesabwesend, in einen Tagtraum versunken.

Isis verdrehte die Augen ihnen beiden gegenüber. »Du machst dir zu viele Sorgen, Schwesterchen, Suvi hat Recht. Wir können uns um Claire kümmern, wenn sie irgendetwas versucht. Tatsächlich hoffe ich eher, dass sie etwas versuchen wird.«

Isis legte den Kopf schief und betrachtete Pema. »Hast du bemerkt, dass deine Kräfte aufgeflackert sind, während du deinen Honigbären geritten hast? Suvi und ich haben es eingedämmt, aber es hätte am Ende Schaden anrichten können.«

Pema bedachte, was sie sagte. Sie war sich nicht bewusst,

dass ihre Kraft angestiegen war. Die Kontrolle über ihre Magie zu verlieren war gefährlich. Nicht nur das, Machtflackern konnten im richtigen Gefäß zunutze gemacht werden. Das Letzte, was sie wollte, war, dem Arsenal von irgendjemandem Macht hinzuzufügen.

»Ich denke, wenn du die Verpaarung nicht abschließt, solltest du besser Sex mit ihm vermeiden, es sei denn, wir sind in der Nähe. Nicht, dass es mir etwas ausmacht, er hat einen hübschen Arsch«, sagte Suvi und wackelte ulkig mit den Augenbrauen.

Außerhalb von Pemas Kontrolle schoss ihre Eifersucht nach oben, ungeachtet der Tatsache, dass ihre Schwester sie neckte. Trotzdem konnte sie nicht anders, als zu antworten: »Wenn du meinen Mann noch einmal anschaust, steche ich dir die Augen aus. Er gehört mir.« Ronans Seele spannte sich in ihrer Brust an und sandte Wärme, die wie ein Tequila-Shot durch ihren Körper strömte, nur verstärkt.

»Offensichtlich haben deine Hormone dein Gehirn gekapert. Dies ist Tag Zwei von Pemas mentalem Urlaub und du musst dich zusammenreißen«, fügte Isis hinzu.

»Das Problem ist, dass ich keine Kontrolle habe. Diese Verpaarung hat Chaos bei mir gestiftet.« Sie zog Isis in eine schnelle Umarmung. »Es ist nicht einfach, aber ich verspreche dir, ich versuche es.«

Pemas Magen wählte diesen Moment, um in der Stille des Ladens zu knurren. »Ich bin ausgehungert. Wollt ihr Vietnamesisch?«

»Ich wäre auch ausgehungert, wenn ich meinen Gefährten so hart wie du bearbeitet hätte«, sang Suvi und fing an zu kichern. Pema konnte nicht anders, als ihre Schwester anzulächeln, sie lag nicht falsch.

»Ich nehme das Zitronengras-Rindfleisch mit Ei und Bruchreis«, bat Suvi.

Suvis ansteckendes Lachen ließ Isis hinter ihrer Hand

kichern. »Das klingt fantastisch. Ich nehme bitte das gegrillte Schweinefleisch und Fadennudeln mit ein paar Frühlingsrollen. Bist du sicher, dass du das nach diesem harten Ritt schaffst? Brauchst du Hilfe zu deinem Auto?«, neckte Isis.

»Klugscheißer«, erwiderte Pema, während sie ihre Handtasche nahm und zur Tür ging. Sie holte ihre Autoschlüssel und hielt auf dem Weg zur Tür inne, duckte sich unter dem Stift, den Isis geworfen hatte. Sie lächelte ihre Schwester über ihre Schulter an.

Als sie sich wieder umdrehte, bemerkte sie, dass es draußen schüttete. Sie benutzte ihre Fernbedienung, um die Türen aufzuschließen, und eine laute Explosion ertönte, gefolgt von einem blendenden Feuer. Die Wucht der Explosion schleuderte sie gegen eine Glasvitrine und Glas zersplitterte, flog auf sie zu.

Sie fühlte sich wie eine Stoffpuppe, die herumgeworfen wurde. Sie konnte am ganzen Körper Schnittwunden spüren, hatte aber keine Ahnung, wie ernst sie waren. Ihr Kopf schlug auf dem Betonboden auf, was Sterne in ihrem Blickfeld aufblitzen und einen stechenden Schmerz ihr Gehirn versengen ließ.

Die Welt wurde dunkel und als Pema zu sich kam, füllte Rauch den Raum und sie war desorientiert. Sie hatte keine Ahnung, wie lange sie weg gewesen war, aber sie spürte ein brennendes Gefühl in ihren Gliedern. Die Schreie ihrer Schwestern erfüllten ihre Ohren und sie versuchte, sich auf sie zuzubewegen, aber ihr Körper weigerte sich zu gehorchen.

Sie lag für lange Momente keuchend da, während sich der Lärm beruhigte und ihre Schwestern verstummten. Fieberhaft rief sie ihre Namen, aber sie antworteten ihr nicht. Bei dem Gedanken, dass sie verletzt waren, drehte ihr Angst den Magen um. Nur eine Person konnte das getan haben. Sie hatte keinen Zweifel, dass es Claire war. Es war Pemas

Schuld, dass ihre Schwestern verletzt wurden. Sie mussten am Leben sein oder sie würde es sich nie verzeihen.

Von ihren Armen tropfte warme Flüssigkeit aus einer Million winziger Schnitte, die ihre entblößte Haut übersäten. Sie drehte sich, um sich ihre Beine anzuschauen, und ächzte. Als sie versuchte, ihren Kopf zu heben, pochte er und fühlte sich wie ein Bleiballon an. Sie saß still da, sammelte ihre Stärke und versuchte, den Schwindel zu klären.

Als der Druck in ihrem Kopf etwas nachließ, hob sie den Blick und stellte fest, dass ihr linker Arm durch den Glaskasten gedrungen war und in den zerbrochenen Türen der Vitrine steckte. Endlich gelang es ihr, nach unten zu blicken, und dann wünschte sie, sie hätte es nicht getan. Knochen ragten aus ihrem rechten Arm und ihrem linken Oberschenkel. Seltsamerweise tat es nicht annähernd so weh, wie sie dachte, dass es das sollte. Sie war sich sicher, dass der Schock den größten Teil des Schmerzes in Schach hielt.

Sie versuchte, einen schmerzlindernden Zauber zu wirken, damit sie zu ihren Schwestern gelangen konnte, aber Übelkeit überfiel sie. Stille senkte sich über den Raum, oder vielleicht war sie wieder ohnmächtig geworden, sie war sich nicht sicher. Rauch, dick und süßlich, strömte durch die fehlenden vorderen Fenster herein. Ihr schöner Ferrari stand am Bordstein in Flammen.

Wut, heiß und scharf, ließ sie fluchen. Sie begann zu husten und verzog angesichts des Schmerzes in ihrem Brustkorb das Gesicht. Sie fügte ihrer Liste der Verletzungen eine gebrochene Rippe hinzu und fragte sich erneut, ob ihre Schwestern okay waren. So weit es ihre Verletzungen zuließen, suchte sie den Schutt nach einem Blick auf sie ab.

Da sie nichts sehen konnte, brauchte sie jedes Gramm Stärke, um ihren linken Arm zu befreien. Ihr Versuch, aufzustehen, brachte ihr stechende Schmerzen und ließ sie stolpern. Ihr Bein gab nach und sie fiel wieder nach unten. Zum Glück kroch Isis an ihre Seite und Suvi war direkt hinter ihr.

»Dank sei der Göttin. Geht's euch gut?«, fragte Pema, als sie ihren Kopf zurücklegte und Bhric, Suvis Fledermaus, unstet über ihnen fliegen sah.

»Pema … Heilige Scheiße, dein Arm! O Göttin, dein Bein, beweg dich nicht! Ich werde Druck auf sie ausüben und es wird wehtun. Suvi, ruf Jace an und frag, ob er durch ein Portal hierherkommen kann«, befahl Isis. Pema wusste, dass es schlimm war, wenn sie wollten, dass Jace durch ein Portal zu ihr kam. Der Schmerz, der jetzt ihren Körper plagte, bestätigte nur ihren Verdacht. Sie schrie auf, als Isis auf ihre Verletzungen presste.

Isis' Augen verhärteten sich wie ein sturmgeladener Himmel, als sie knurrte: »Ich werde diese Schlampe finden und sie töten. Dieses Mal kommt sie nicht damit davon. Sie hat sich mit den falschen Hexen angelegt!« Bevor Pema der Tirade ihrer Schwester zustimmen konnte, wurde Isis' Griff fester und ihre Welt wurde schwarz.

* * *

Ronan fuhr im strömenden Regen zurück zu seinem Apartment, während er den Sex mit Pema noch einmal abspielte. Er war beeindruckt von der Erfahrung und gespannt auf mehr. Seine Gefährtin war ein Teufelsweib und entzündete sein Blut wie keine andere. Die Veränderung, die sein Denken innerhalb weniger Stunden durchgemacht hatte, war irrsinnig. Er war davon, sich nicht mehr sicher zu sein, was er wollte, dazu übergegangen, nichts mehr als Pema zu wollen.

Sein Handy klingelte, unterbrach seine Gedanken. Die Anruferkennung sagte ihm, es sei die Hotline vom Zeum. Das war die erste Nummer, die er bekommen hatte, als er in

Seattle ankam, gleich nachdem Killian ihm den Stand der Dinge mit den Dämonen und den Skirm erklärt hatte. Sofort begann er sich Sorgen zu machen. Warum sollten die Dark Warrior ihn anrufen? War es Pema?

»Hier ist Ronan Blackwell.« Sein Bär regte sich, während seine Beklemmung zunahm.

Eine tiefe männliche Stimme antwortete auf seine Begrüßung. »Ronan, hier ist Rhys vom Zeum. Ich muss mit dir über etwas reden. Ist das ein guter Zeitpunkt?«

»Sicher. Womit kann ich dir helfen?« Schweigen begegnete seiner Antwort. Er wartete einige quälende Sekunden und wollte durch das Telefon greifen und dem Mann die Scheiße aus dem Leib prügeln und ihn zum Reden bringen.

Gerade als er kurz davor war, bei dem Dark Warrior die Fassung zu verlieren, sagte dieser die Worte, die Ronans Magen zu seinen Füßen sinken ließ. »Beim *Black Moon* hat es eine Explosion gegeben.«

Er hatte seine Gefährtin vor nicht einmal fünfzehn Minuten dort verlassen. Göttin, wie war das passiert? Er hätte nie gehen sollen. Sein Instinkt hatte ihn angebrüllt, an ihrer Seite zu bleiben, um sie zu beschützen, und er hatte es ignoriert. Er würde es sich nie verzeihen, wenn ihr etwas passiert war. Sein Bär brüllte vor Entrüstung.

»Wurde jemand verletzt? Ist Pema okay? Ihre Schwestern?« Er war es nicht gewohnt, sich Sorgen zu machen, wurde dennoch im Moment davon belagert.

»Die einzigen Leute im Laden zu der Zeit waren die Drillinge. Isis und Suvi geht's gut, kleinere Schnitte und Kratzer. Pema wurde jedoch schwer verletzt. Sie wurde mit dem Krankenwagen zum Harborview gebracht, wo Jace sie behandelt«, erwiderte Rhys düster.

Ronan sog einen Atemzug ein und drehte den Truck bereits um, um durch die Stadt zu fahren. »Wird sie in Ordnung sein?« Er zwang die Frage durch eine Kehle, die von seinen aufgewühlten Emotionen verschlossen war. Der volle Schlag, das seine Gefährtin verletzt war, traf ihn und ließ ihn fast die Kontrolle über sein Fahrzeug verlieren. Ein überwältigendes Bedürfnis, an ihre Seite zu gelangen, ließ ihn knurren. Er musste sie sehen und sie in seinen Armen halten.

»Es wird ihr gut gehen. Ich habe gerade mit Jace telefoniert, welcher sagte, sie habe mehrere Knochenbrüche, eine Gehirnerschütterung und zahlreiche innere Verletzungen erlitten. Sie wird bald entlassen und Zander hat sie und ihre Schwestern eingeladen, im Zeum zu bleiben, bis wir die Verantwortlichen gefunden haben.« Rhys hielt inne, holte Luft. »Ich rufe dich an, weil ich bemerkt habe, dass du sie letzte Nacht in ein Zimmer weggetragen hast, und heute hat sie ein Gefährtenmal … Ich nehme an, es ist deins.«

»Ja, sie gehört zu mir. Ich bin auf dem Weg. Und ich weiß es zu schätzen, dass ihr ihr das Zeum anbietet. Ich brauche sie in Sicherheit, während ich mich um etwas kümmere«, sagte Ronan, dessen Verdacht wuchs, wer dafür verantwortlich war.

Er hatte nach der Vergiftung mit Claire gesprochen, und das Gift in ihrer Verleugnung, dass sie versucht hatte, Pema zu töten, widerlegte ihre Worte. Er hatte ihren Hass durch das Telefon gespürt und wusste, dass er tiefer war, als sie durchblicken ließ. Er hatte sich zurückerinnert, dass sie sich in den letzten paar Jahrzehnten über die Drillinge beschwert hatte, nachdem sie von einem Besuch bei ihrer Mutter zurückgekehrt war, aber er hatte sich nie viele Gedanken darüber gemacht. Jetzt konnte er sehen, dass diese Feindseligkeit größer war als einfache Eifersucht.

»Ich kann mir vorstellen, was du denkst, da ich deine Wut und deinen Blutdurst durch das Telefon spüre. Vertrau mir. Keine der beiden Entscheidungen ist im Moment klug. Pema erwähnte Claire und wir haben Isis aus den gleichen

Gründen unter Verschluss. Claires Mutter ist sehr mächtig und hat mächtige Verbündete. Du willst nicht in dieses Wespennest stechen.«

»Oh, da liegst du falsch, Krieger. Ich möchte da im Moment die Scheiße rausprügeln. Niemand tut meiner Gefährtin etwas zuleide und kommt damit davon. Sie wird bezahlen«, bellte er ins Handy. Er musste selbst sehen, dass es seiner Gefährtin gut ging, und sich dann um die Dinge kümmern.

»Schau, ich weiß, dass es gerade schwer ist, aber du musst dich beruhigen und im Moment ein anderes Ventil abgesehen von Rache finden. Wenn du ihr nachstellst und sie es schaffen, dich auszuschalten, dann lässt du deinen Gefährten vollkommen verwundbar zurück. Ich weiß, dass du das nicht willst, oder?«

Er wusste, dass der Dark Warrior Recht hatte, aber seine Blutlust ließ sich nicht leugnen. Seine Sicherheit spielte keine Rolle, nur die seiner Gefährtin. Außerdem räumte er immer sein Chaos auf, und wenn er nicht wäre, wäre Pema nicht zweimal verletzt und fast getötet worden. Das war noch lange nicht vorbei.

KAPITEL ELF

Ronan fuhr rücksichtslos durch die Innenstadt von Seattle, hatte gerade sein Gespräch mit Rhys beendet. Pema war wieder verletzt worden und er musste zu ihr kommen. Er konzentrierte sich auf seine Verbindung zu seiner Gefährtin und steuerte in die Richtung, in der sie sich seiner Meinung nach befand, aber er hatte keine Ahnung, wo genau das berüchtigte Gelände der Dark Warrior war. Ganz egal wie sehr er es versuchte, er konnte ihren genauen Standort nicht bestimmen. Sein Bär krallte an seiner Haut, um sich zu befreien, zuversichtlich, dass er sie überall in dieser Stadt finden könnte.

Er blickte auf das Handy auf dem Sitz neben sich. Rhys war goldrichtig damit gelegen, dass Ronan sich beruhigen musste, bevor er etwas Unüberlegtes tat, was schwierig war, wenn er von so vielen fremden Emotionen überfallen wurde. Die Dinge mit Pema waren hart und schnell und intensiv gewesen, also war es keine Überraschung, dass er ihr verfallen war. Während er sich den Kopf zerbrach, was er tun sollte, begriff er, dass er sie liebte und es ihm egal war, dass er von null auf hundert gegangen war und seine Vergangenheit hinter sich gelassen hatte.

Er musste sicherstellen, dass Pema geschützt war. Sie hatten ein gemeinsames Leben zu beginnen, und er würde verdammt sein, wenn er zuließ, dass irgendetwas dazwischenkam. Er wünschte sich nur, dass seine Familie da wäre, um seine Schicksalsgefährtin kennenzulernen. Traurigkeit überschwemmte ihn, als er an sie dachte. Sie hätten ihr Feuer und ihren Witz geliebt.

Sein Bär kratzte erneut an der Oberfläche, wollte raus. Jede Zelle seines Körpers schrie vor Verlangen nach Rache. Das Wissen, dass er seine Gefährtin hängen gelassen hatte, ging ihm ins Mark. *Nie wieder*, schwor er. Er würde dafür sorgen, dass sie alles hatte, was sie sich nur wünschen konnte. Ihr Lächeln und ihr Glück waren alles, was zählte.

Ein Bild von ihr, wie sie rittlings auf ihm saß, während ein zufriedenes Lächeln ihre Lippen zierte, blitzte in seinem Geist auf und vertrieb die Schatten. Er war nicht in der Lage, die Erinnerung aufzuhalten, während sie durch ihr gesamtes Intermezzo reiste. Gemeinsam waren sie leicht entzündbar und würden es immer sein. Sie entzündete sein Blut wie nichts anderes.

Er wollte nichts mehr, als seinen außer Kontrolle geratenen Bären und sein Bedürfnis nach Rache zu vergessen, um seine Gefährtin zu suchen und mit ihr zu schlafen. Körperliche Schmerzen und Unbehagen aufgrund ihrer unvollendeten Verpaarung beutelten ihn und trieben ihn dazu, Pema aufzusuchen und ihre Verpaarung zu beenden. Wenn sie die Verpaarung nicht mit einem Blutaustausch abschließen würden, würden ihre Schmerzen unerträglich werden.

Während die Straßen verschwommen vorbeizogen, tobte sein Bär noch mehr, um freigesetzt zu werden und etwas zu unternehmen. Sein Tier zu kontrollieren war im Moment eine der schwierigsten Herausforderungen, denen er sich je gestellt hatte. Er rieb sein Gefährtenmal und dachte über das Schicksal und die Göttin nach. Er sandte ein Dankesgebet an die Göttin, dass sie Pema für ihn gemacht hatte.

In Anbetracht dessen hatte er zu tun. Endlich in der Lage, klarer zu denken, beschloss er, sich zuerst zu wandeln und zu jagen, um seine Aggression freizusetzen. Eine Jagd würde Rache ersetzen müssen, bis ein Plan entwickelt werden konnte, der Pema nicht erneut in Gefahr brachte. Er und sein Bär waren sich einig, dass es untragbar war, wenn seine Gefährtin in Gefahr war.

Killian hatte ihm gesagt, dass Claire und ihre Mutter gefährlich seien, und er würde dieses Problem nicht angehen, ohne Rat einzuholen und einen Plan. In diesem Sinne nahm er sein Handy vom Sitz und rief seinen Omega an. Er würde seine Gefährtin nicht ohne den ihm zur Verfügung stehenden Schutz zurücklassen.

»Hayden hier.« Die tiefe, kräftige Stimme seines Omega war eine willkommene Erleichterung.

»Hayden, hier ist Ronan Blackwell. Ich bin mir nicht sicher, ob du davon gehört hast, aber ich habe eine Situation, bei der ich Hilfe brauche.« Ronan umklammerte das Lenkrad fest und verbog dabei beinahe den Stahl.

»Wird auch Zeit, dass du merkst, dass ich hier bin, um zu helfen. Zweifellos rufst du wegen deiner Gefährtin an … einer Hexe namens Pema Rowan. Wenn meine Informationen korrekt sind, glaube ich, dass es eine Explosion gab und sie und ihre Schwestern sich derzeit im Zeum aufhalten«, sagte sein Anführer gleichmäßig.

Ronan war schockiert, da er keine Ahnung hatte, dass Hayden so gut vernetzt war. Ronan hatte gerade erst selbst von den Ereignissen erfahren, aber immerhin war Hayden der Omega und saß mit mehreren anderen Anführern des Reichs in einem Rat. Natürlich wäre er über einen Vorfall von solcher Wichtigkeit informiert.

»Deine Informationen sind nicht falsch, in keiner Hinsicht. Ich muss dir sagen, dass meine Ex Claire dafür verantwortlich ist, und mein Bär krallt an mir, um sie für das, was sie getan hat, zu zerfetzen und dann ihren Kopf zu Pema zu bringen. Ich muss die Bedrohung für Pema eliminieren, kann es aber noch nicht, und mein Bär ist kurz davor, sich zu befreien …« Ronan verstummte und wischte sich den Schweiß von der Stirn. Der ständige Kampf, sein Tier eingesperrt zu halten, scheuerte ihn wund.

»Bleib ruhig«, befahl Hayden, wobei Wandler-Magie seine Stimme durchzog. Als Omega hatte Hayden die Fähigkeit, sich in jedes Tier zu wandeln, und die Kraft dahinter ermöglichte es ihm, die Kontrolle über jeden seiner Wandler zu erlangen. Ronans Bär wich sofort zurück, als er den Befehl in der Stimme seines Anführers hörte. Er hatte Hayden noch nie aufsuchen müssen, und die Erfahrung, seinen Bären von diesem starken Anführer einschüchtern zu lassen, war verstörend. Es war nichts, was er jemals wieder brauchen wollte, denn für den Bruchteil einer Sekunde war es fast so, als wäre sein Bär weg.

Ronan war jedoch dankbar, dass der mächtige Mann in dieser Angelegenheit hinter ihm stand und dass er sich auf ihn verlassen konnte. Hayden würde sich als nützlich erweisen, wenn es an der Zeit war, seine Rache auszuüben.

»Ich war wegen der Vergiftung und des Bombenanschlags mit Zander und mehreren anderen Ratsmitgliedern in Kontakt«, fuhr Hayden fort. »Glücklicherweise war Pema in der Lage, Marke, Modell und teilweise das Kennzeichen eines Autos zu stellen, das gesehen wurde, wie es kurz vor der Explosion vom Tatort weggefahren war. Andernfalls gäbe es keine Beweise, um deine Behauptung zu stützen, dass Claire verantwortlich ist. Denk nicht einmal daran, Claire nachzustellen. Als Pemas Gefährte magst du das Recht haben, auf Rache aus zu sein, ohne eine Bestrafung für Mord zu riskieren, aber wir müssen zuerst einen Plan entwickeln. Du wirst nicht mit halber Kraft da reingehen. Die Hohepriesterin ist keine Feindin, die die Wandler wollen. Verstehst du?«

Der Befehl in diesen Aussagen war unverkennbar. Es ärgerte ihn, aber Ronan verstand, dass es ein größeres Bild zu berücksichtigen gab. Er war nicht gut darin, sich zurückzulehnen und darüber zu reden, etwas zu tun. Er musste aktiv werden und endlose Stunden lang in Besprechungen zu sitzen, nur um einen Plan zu entwickeln, würde ihn in den Wahnsinn treiben. Er glaubte daran, in den Arsch zu treten und nichts durchgehen zu lassen, er konnte später Fragen stellen.

Für ihn war die Gewährleistung von Pemas Sicherheit von größter Bedeutung, und der Rest könnte zur Hölle gehen. Trotzdem blieb ihm nichts anderes übrig, als dem Befehl zu folgen: »Ja, Sire. Ich verstehe.«

»Also, was kann ich in der Zwischenzeit für dich tun?«, fragte Hayden.

Ein heftiger Schmerz stach durch seinen Arm bis zu seinem Herzen und seiner Seele. Das Bedürfnis, mit seiner Gefährtin zusammen zu sein und sie für sich zu beanspruchen, raubte ihm für einen Moment den Atem. »Ich brauche, dass du persönlich auf Pema aufpasst und die Security ergänzt, die Zander bereits bereitstellt. Ich werde meinen Bären für eine Jagd rauslassen, aber das kann ich nicht, wenn ich nicht weiß, dass sie bewacht wird, während ich in den Wäldern bin. Außerdem wäre ich dir dankbar, wenn du sicherstellen könntest, dass ihr Laden gesichert ist.«

Hayden gluckste. »Ich werde mich gleich darum kümmern. Zander und ich treffen uns in fünfzehn mit dem Rat. Wir müssen alle wachsam sein und davon ausgehen, dass auch Cele eine Bedrohung darstellt. Los, krieg dich auf die Reihe und bring dann deinen Arsch zum Zeum. Ich schicke dir die Adresse per SMS.«

»Danke, Sire«, erwiderte Ronan, bevor er auflegte.

Als er sich umschaute, bemerkte er, dass er bereits über die Brücke war und sich seinem neu entdeckten Jagdrevier näherte. Ein paar Minuten später bog er von der Woodinville-Duvall Road ab und parkte auf einem Feldweg. Er streckte sich und schickte seine Sinne nach außen, suchte nach irgendwelchen Anzeichen von Menschen. Als er versichert war, dass er mit den Kreaturen des Waldes allein war, legte er seine Kleidung ab und ließ sie auf dem Sitz seines Trucks.

Die Magie der Verwandlung umfing ihn und in Sekundenschnelle übernahm sein Tier, was ihn auf allen Vieren ließ. Er stieß das Gebrüll aus, das er zurückgehalten hatte, und stürmte in die Bäume. Hoch aufragende Tannen umringten ihn und üppiges Blattwerk traf auf seine Pfoten. Er atmete die frische Herbstluft ein und nahm den Duft von Wald, Kiefer und Erde in sich auf. Obwohl es ihn belebte, trug es leider wenig dazu bei, seine kochende Wut zu besänftigen.

Er rannte so schnell und so weit er konnte, schlug seine Klauen in einen Baum nach dem anderen und fällte sie. Hechelnd näherte er sich einem Bach, um etwas Wasser zu trinken. Während er die Flüssigkeit aufschleckte, rieselte fremde Magie über sein Fell und ließ es zu Berge stehen. Das war keine freundliche Magie, sie hatte einen bedrohlichen Beigeschmack. Jeder Instinkt sagte ihm, dass Gefahr nahe war. Dies würde sich nett für die Jagd eignen, die sowohl Mann als auch Bär brauchten.

Auf lautlosen Pfoten tappte er durch das Unterholz und folgte seiner Nase. Bald wurde der Gestank unerträglich. Es war eine faulige Mischung aus verdorbenen Eiern, Schwefel und frischem Blut. Ronan musste sich sein Knurren verkneifen. Abgesehen von seinen messergroßen Klauen waren Heimlichkeit und Überraschung seine besten Waffen.

Als er um einen großen Baumstamm spähte, sah er zwei riesige, abscheuliche, schwarze, hundeähnliche Kreaturen, die größer waren als ein Clydesdale. Da er doppelt so groß war wie ein normaler Grizzly, war er nicht eingeschüchtert. Er hatte keine Ahnung, was sie waren; doch irgendwie identifizierte sein Bär sie als Höllenhunde. Der Mann im Inneren hatte keinen Bezugsrahmen für das, was der Bär instinktiv wusste, aber er hatte vor langer Zeit gelernt, der Intuition seines Bären zu vertrauen.

Der Geruch von frischem Blut kam von dem Reh, von dem sie fraßen. Er kauerte sich hin und nahm Maß. Sie waren bösartig und bekämpften einander um die Jagdbeute. Er konnte ihre Machtkämpfe zu seinem Vorteil nutzen. Als er sich zum Angriff anspannte, dehnte sich Pemas Seele und er hätte schwören können, dass sie in seiner Brust schnurrte. Er lächelte bei dem Gedanken, dass seine Hexe eine Kriegerin war, und freute sich auf den bevorstehenden Kampf. Sie war durch und durch eine wilde und leidenschaftliche Frau, und er liebte es.

Sein Blut pumpte und Adrenalin durchflutete sein Gehirn, als Ronan in den kleinen Raum stürmte. Bevor die Kreaturen sich irgendetwas bewusst waren, war er in einen von ihnen gebrettert und hatte seine Zähne in dessen glitschiges Fleisch geklammert. Seinen Kopf von einer Seite zur anderen schlagend, trennte er dessen Kopf von seinem Körper. Ein ekelhafter, fauliger Geschmack blieb auf seiner Zunge zurück und er begriff, dass er den Kopf des Höllenhunds im Mund hatte und das Blut seine Kehle hinunterlief. Er hatte noch nie etwas so Abscheuliches geschmeckt. Sein Magen wurde aufgewühlt und er senkte den Kopf und drehte sich um, um dem anderen Hund entgegenzutreten, der auf ihn zupirschte.

Er bleckte seine Fangzähne und entfesselte sein Knurren. Sie umkreisten einander, während sie über Trümmer stiegen. Er holte mit einer tellergroßen Pfote aus und stellte Kontakt mit einer Flanke her. Der Hund heulte auf und löste sich aus der Formation, um ihn anzugreifen. Er versuchte, dem Treffer auszuweichen, aber das riesige Biest war zu schnell. Ein brennender Schmerz in seiner linken Schulter ließ Ronan taumeln. Es fühlte sich an, als wäre ihm Säure ins Fleisch gespritzt worden. Er schob den Schmerz beiseite und versuchte, seinen Kopf freizubekommen.

Krallen, die in den Kiefernnadeln und getrockneten Blättern des Waldbodens scharrten, erregten Ronans Aufmerksamkeit. Er blickte nach links und sah, wie der Höllenhund seinen Kurs umkehrte und erneut auf ihn losging. Er drehte sich so schnell er konnte, aber seine Verletzung verlangsamte ihn. Er konnte nicht zulassen, dass das Ding einen weiteren Treffer landete, also brachte er alle Energie auf, die er für einen Angriff hatte. Er streckte seine rechte Pfote aus und verfehlte. Der Dämonenhund tanzte aus dem Weg und die Bewegung riss dessen Flankenwunde auf, die wieder schwarz zu bluten begann.

Ronan musste seine Umgebung zu seinem Vorteil nutzen. Er suchte die Gegend ab, rannte dann an der linken Seite des Hundes vorbei und stieß sich auf seinen Hinterbeinen ab, um einen Baum etwa einen Meter fünfzig über dem Boden zu treffen. Er biss die Zähne gegen den Schmerz zusammen, als seine Vorderpfoten dabei gestaucht wurden. Er ignorierte das und benutzte seine Hinterbeine, um sich vom Baum abzustoßen. Er drehte sich in der Luft und landete auf der verdutzten Kreatur. Er grub seine Klauen mit all seiner verbleibenden Kraft in dessen Seiten. Im Gegensatz zu seinem Gegner heilte Ronans Wunde nicht und schwarze Punkte trübten seine Sicht. Irgendetwas hielt seinen schnellen Heilungsprozess davon ab, zu beginnen.

Als Ronan sich rüstete, den Dämonenhund zu erledigen, drehte dieser sich in seinem Griff, zerriss dabei seine eigene haiartige Haut. Brennender Schmerz verbrühte Ronans Seiten, als rasiermesserscharfe Zähne seine Haut durchbohrten. Der Schmerz war so intensiv, dass er fast ohnmächtig wurde. Jeder Tropfen Höllenhundspeichel in seinem Fleisch fühlte sich an, als würde ihm ein heißes Brandeisen in die Muskeln geschoben. Er wand sich und schlitzte und schnappte nach der Kreatur unter ihm.

Pemas Seele ließ Wärme ihn durchfluten, was seinen Schmerz zum Glück betäubte. Es gab ihm die Kraft, seine Krallen zu entfernen und die Schultern des Hundes in den Dreck zu nageln, dann lehnte er sich herunter und schnitt mit seinen Schneidezähnen durch eine Arterie. Da er nicht noch mehr das fauligen Blutes in seinem Magen wollte, bewegte er seinen Kopf zur Seite, als es aus dem zerrissenen Hals des Höllenhunds quoll. Er war müde und am ganzen Körper verletzt. Er musste das beenden, jetzt. Ein letzter Schlag seiner Klauen schnitt den Kopf der Kreatur ab und beendete den Kampf.

Ronan brach zur Seite zusammen und lag einige lange Minuten lang keuchend da. Er versuchte aufzustehen und konnte es nicht. Was zur Hölle war los? Normalerweise würde er das mit einem Achselzucken abtun und sich schnell erholen können, aber das ließ sich nicht abschütteln. Seine Schulter und Seite bluteten immer noch und brannten. Schwärze schlich sich ein, was ihm sagte, dass er das Bewusstsein verlieren würde. Er musste Hilfe holen, sonst würde er es nicht schaffen.

Nach mehreren Versuchen war er auf allen Vieren und hinkte zurück zu seinem Truck. Als er die Tür erreichte, schloss er die Augen und stellte sich vor, wie Pema mit ihren Schwestern lachte. Sie hatte noch nicht für ihn gelacht, und das wollte er genauso sehr, wie er sie für sich beanspruchen wollte. Er liebte sie und wollte es ihr sagen. Er wollte ein Leben und Junge mit ihr. Er sammelte seine Kräfte und schaffte es, sich zu verlagern und sein Handy zu greifen. Er wählte Hayden an, dann brach die Besinnungslosigkeit über ihn herein.

* * *

Ronan erwachte abrupt, von kaltem Wasser umgeben. Er atmete mehrere Lungenvoll der Flüssigkeit ein, bevor er sich aufsetzte und hustete, das Wasser ausstieß. Seine Sicht war verschwommen, aber er hörte vertraute Stimmen. Hayden war dort mit Jace und ein paar von Haydens Lieutenants. Wo war er und warum erinnerte er sich an nichts? Er blinzelte, machte seine Augen frei und fokussierte sich auf Jace, der über ihm schwebte. Er versuchte aufzustehen, aber er war schwach wie ein Junges und fiel wieder auf seinen Arsch. Erinnerungen an den Kampf mit den Höllenhunden kamen zurückgeströmt, als er den Schmerz in seinem Körper registrierte.

»Hey, Ronan, beweg dich nicht. Ich muss diese Wunden versiegeln und die Blutung stoppen. Ich werde einige von ihnen nähen müssen, aber ich muss dich sauber machen, damit ich sehen kann, was was ist. Du bist voller Blut und … Dämonenschleim?« Jaces Stimme hob sich am Ende in deutlicher Frage, während er seine warmen Hände auf Ronans Seite legte.

»Pema«, krächzte Ronan. »Wie geht es ihr? Ist sie in Sicherheit?« Er musste wissen, dass sie lebte und in Sicherheit war, nichts anderes zählte.

»Entspann dich, ihr geht's gut. Besser als dir, würde ich wetten. Ich war in der Lage, all ihre Verletzungen heilen und sie ist bei ihren Schwestern im Zeum«, erwiderte Jace und setzte seine Begutachtung fort.

»Sie hat uns gewarnt, dass etwas mit dir nicht stimmt, bevor dein Anruf einging. Ich habe gerade mit ihr gesprochen und sie wissen lassen, dass wir dich gefunden haben«, fügte Hayden vom Rande des Baches aus hinzu. Erst jetzt bemerkte er, dass er im Bach war und dass Jace mit ihm knietief im kalten Wasser war.

»Wir müssen dich zum Truck bringen. Deine Schulter und Seite müssen genäht werden. Leider hilft meine Heilkraft nichts gegen das Gift in den Wunden. Worauf bist du hier draußen gestoßen?«, stellte Jace die Frage dieses Mal direkt.

Das Nicken jagte Schmerz durch seinen Schädel und er verlor fast sein Abendessen. Jace griff nach unten und half ihm beim Aufstehen. »Danke. Ich hatte gerade meinen Bären für einen Auslauf rausgelassen, als mich eine fremde Magie unvorbereitet erwischt hat. Es war absolut seltsam, ist zwischen einem Atemzug und dem nächsten aufgetaucht. Jedenfalls bin ich der bösartigen Magie und dem Gestank gefolgt und auf zwei Höllenhunde gestoßen. Ich wusste nicht, was sie waren, aber mein Bär wusste es irgendwie. Lange Rede kurzer Sinn, wir haben gekämpft, ich habe gewonnen. Ihre Überreste liegen etwa zehn Minuten nordwestlich von hier.«

»Irgendwelche Orientierungspunkte, anhand derer wir sie finden können?«, fragte Hayden.

»Diese Richtung.« Ronan deutete über seine Schulter und zischte angesichts der Qual, die die Bewegung verursachte. »Folgt dem Gestank, der kann einem nicht entgehen.«

»Wir kümmern uns darum und treffen dich wieder bei deinem Truck«, sagte Hayden.

Ronan und Jace gingen aus dem Bach heraus, schlossen die Entfernung zwischen ihnen. »Sicher, aber wenn du hier bist, wer ist bei Pema?« Schwindel ließ ihn fast ohnmächtig werden und er schüttelte den Kopf, um wieder klar zu werden.

»Pema ist in Ordnung. Der Vampirkönig und mehrere Dark Warrior sind bei ihr. Und es gibt ein Kontingent von Wandlern, die Zeum umstellen. Du wirst früh genug bei ihr sein«, berichtete Hayden, bevor er sich durch die Bäume aufmachte.

Zurück am Truck setzte er sich auf die Heckklappe und sah zu, wie Jace seinen Verbandskasten holte. Während der Heiler alles vorbereitete, schloss Ronan seine Augen und konzentrierte sich auf die Tatsache, dass er bald bei Pema sein würde.

KAPITEL ZWÖLF

Pema warf ein zerbrochenes Glas in den Müll und nahm die Zerstörung in sich auf, die sie umgab. Sie wischte ihre staubigen Hände an ihrer Bluejeans ab, Tränen füllten ihre Augen. Der Laden, für den sie und ihre Schwestern so hart gearbeitet hatten, lag in Trümmern, und das alles nur wegen ihr und ihrem Gefährten.

Es war ihre Aufgabe, sich um ihre Schwestern zu kümmern, und hier war sie der Grund, warum sie fast ihr Leben verloren hätten. Es ließ sie sich noch schlimmer fühlen, dass sie ihr keine Vorwürfe machten, sondern vorhatten, sie zu rächen. Sie blickte hinüber und sah, dass Isis in der Nähe der Vorderseite war und das Sicherheitsglas zu einem Haufen zusammenfegte, während Suvi eine Schaufel wie eine Kehrschaufel hielt.

»Willst du mich verarschen, Suvi?«, fragte Pema ungläubig, da sie zum ersten Mal bemerkte, was ihre Schwester trug.

»Was denn?« Suvi hielt inne und schaute auf.

Isis hörte ebenfalls auf und lehnte sich mit einem Schmunzeln auf dem Gesicht auf den Besen. »Die Schuhe,

Suvi. Nur du würdest Plateausandalen tragen, um nach einer Bombenexplosion aufzuräumen«, sagte Isis mit einem Glucksen.

Suvi hob ihren Fuß hoch und drehte ihn hin und her. »Das sind meine Alltags-sich rumschleppen-Schuhe. Außerdem trocknen meine Zehen. Ich hatte gerade eine Pediküre.«

»Nein, das wären meine Ich-gehe-in-die-Stadt-aus-Schuhe. *Das* sind Alltagsschuhe«, sagte Pema, während sie auf ihre schwarz-weißen Converse zeigte.

Sie brachen alle in Gelächter aus, bevor sie ihre Tätigkeiten wiederaufnahmen. Pema blickte sich um und ging zu der zerstörten *RockCandy*-Schmuckauslage. Sie wollte in Tränen ausbrechen, als sie sah, dass sie alles verloren hatten. Sie wusste, dass ihre Schwestern sie beobachteten und über dasselbe sprachen, aber sie ignorierte sie, sonst würde sie die Fassung verlieren.

Claires Name erregte ihre Aufmerksamkeit und sie hörte zu, wie sie ein Komplott schmiedeten, was ihre Tränen sofort trocknete und ihre Wut anstachelte. Claire hatte erneut versucht, sie zu töten! Dieses Mal hatte sie genug Belege, um den Ältesten ihre Schuld zu beweisen. Der Göttin sei Dank, dass sie kurz das Auto und das Kennzeichen zu Gesicht bekommen hatte. Der Teil, zusammen mit der Marke und dem Modell, ermöglichte es Killian, seine Magie am Computer zu wirken und das Auto mit Claire in Verbindung zu bringen. Das reichte im Tehrex Reich aus, um sie wegen versuchten Mordes zu verurteilen. In ihrer Welt funktionierten die Dinge nicht so wie in der Menschenwelt.

Sie weigerte sich, Claire zu erlauben, ihr Leben zu ruinieren, weshalb sie und ihre Schwestern sich geweigert hatten, länger im Zeum zu bleiben. Sie mussten zurück zum Geschäftlichen und dafür mussten sie die Trümmer des *Black Moon* aufräumen. Natürlich war ihnen ein Kontingent aus

Wandlern und Dark Warrior gefolgt. Der Vampirkönig hatte sich geweigert, bei der Sicherheit der drei irgendein Risiko einzugehen. Sie hatte keine Einwände, wollte alle Hilfe, die sie bei den Reparaturen bekommen konnte.

Ronan hatte sie vor zwei Stunden knietief in Schutt vorgefunden. Automatisch wanderten ihre Augen zurück zu ihrem sexy Wandler. Ronans geschmeidiger Körper und seine hervortretenden Muskeln wogten unter seinem engen roten T-Shirt und den tief sitzenden schwarzen Jeans, während er und Hayden Sperrholz über die leeren Fensterrahmen hängten. Der Anblick ließ ihr Herz rasen und ihr Bauch zog sich vor Verlangen zusammen, während ihr Kern sich danach sehnte, dass er sie ausfüllte.

Sie bemerkte, dass seine Verletzungen nicht so verheilten, wie sie das hätten sollen, und zuckte zusammen, als sie sich daran erinnerte, dass er ihr von seinem Kampf mit zwei Höllenhunden erzählt hatte. Anführer des Reichs waren besorgt, dass Portale zwischen Reichen auftauchten und verschwanden. Anscheinend war der Vampirprinz Kyran aus einem brennenden Haus gerannt und durch ein Portal geschlüpft und hat sich mit einer menschlichen Frau über seiner Schulter in Luft aufgelöst. Seitdem hatte niemand mehr von ihm gehört oder wusste, wo er war.

Dieses jüngste Erscheinen der Höllenhunde hat die Anführer tief in Diskussionen versetzt. Es hatte einen riesigen Kampf zwischen Dark Warrior und zahlreichen Dämonen und Höllenhunden gegeben, und es war kein gutes Zeichen, dass immer noch Dämonen durch den Schleier auf die Erde kamen.

Pema konzentrierte sich wieder auf die Aktivitäten um sie herum. Ronan hatte erhebliche Anstrengungen unternommen, um sicherzustellen, dass ihr Geschäft wiederhergestellt wurde. Sie verliebte sich noch mehr in ihn. Niemand außer ihren Schwestern hatte sich jemals so viele Sorgen um sie gemacht, und es war schön. Sie begann allmählich zu verstehen, was ihre Mutter gefühlt haben musste. Sie wollte kein Verständnis mit ihrer Mutter haben und war immer noch wütend, dass ihr Vater verletzt wurde, aber es war gleichwohl da.

Nachdem das Holz an Ort und Stelle war, drehte Ronan sich um, da er ihre Augen auf sich spürte, und kreuzte an ihre Seite. Wie immer, wenn sie zusammen waren, ging der Rest der Welt verloren. Sie standen da und starrten einander schweigend an, sein Blick offenbarte all das Verlangen und die Liebe, die er für sie empfand. Er streckte die Hand aus und hüllte sie in seine Arme und umfasste ihre Wangen. Es war einer der intimsten Momente ihres Lebens und sie begriff, dass sie ihn liebte.

Sie atmete seinen herrlich maskulinen Kiefernduft ein. Er stieg ihr direkt zu Kopf, ließ ihren Körper schmelzen und machte ihre Erregung sofort schmerzvoll. Sie brauchte ihn mehr als Luft zum Atmen und zum ersten Mal *wollte* sie ihre Verpaarung vervollständigen. Ronan war ein leidenschaftlicher Mann und es war offensichtlich für sie, wie sehr er sie liebte. Der größte Faktor zu seinen Gunsten war, dass es nicht nur die Biologie des Verpaarungsdrangs war, der ihn antrieb, er sah *sie* wirklich. Sie hatte Angst davor, sich Verlust zu öffnen, erkannte aber, dass der wahre Verlust wäre, ihn überhaupt nicht zu haben.

Aber zuerst musste sie sich um Claire kümmern. Sie würde nicht damit leben, dass diese Gefahr über ihnen hing.

Ronan rieb mit seinem Daumen über ihren Kiefer und lehnte sich herunter, küsste sie leicht auf die Lippen. »Ich kann sehen, wie sich bei dir die Räder heftig drehen. Auch wenn deine Entschlossenheit höllisch sexy ist, nimm, was auch immer du planst, aus deinem Kopf.«

Irritation loderte durch sie. Er mochte ihr Gefährte sein, aber er musste noch ein paar Dinge über sie lernen. Sie legte nichts beiseite oder ließ etwas sein. »Das wird nicht passieren, aber du brauchst dir keine Sorgen zu machen. Alles wird gut. Meine Schwestern und ich werden uns darum kümmern.«

»Ich mag den Klang davon nicht, Liebes. Ich möchte nicht, dass du irgendetwas Verrücktes tust«, er blickte ihr intensiv in die Augen, »wie zum Beispiel Claire herauszufordern. Mir wurde gesagt, dass sie und ihre Mutter sehr mächtige Hexen sind. Mach nichts auf eigene Faust. Wir haben Leute, die uns helfen, uns mit ihnen zu befassen. Ich könnte es nicht ertragen, wenn du verletzt werden würdest.«

Er brachte seine Lippen wieder auf ihre und dieses Mal küsste er sie gründlich. Sie gab sich dem feuchten Gleiten ihrer beider Zungen hin, wollte mehr, als er aufhörte und sich wegzog. Seine Augen leuchteten cognacfarben vor Verlangen nach ihr. »Ich liebe dich, Pema. Du bist mein Leben.«

Sie stand unfassbar verblüfft da. Durch ihre Verbindung spürte sie die Aufrichtigkeit seiner Worte und Tränen traten ihr in die Augen. »Ich liebe dich auch, Ronan«, erklärte sie schockiert über die Wahrheit ihrer Worte, »aber ich muss das beenden, bevor wir zusammen sein können.«

»Diese drei kleinen Worte haben mir nie mehr bedeutet, als wenn sie von dir kommen. Was wir haben«, sagte er und gestikulierte zwischen ihnen, »ist das kostbarste Geschenk, das die Göttin verleiht, und du kannst das nicht gefährden, indem du tust, was du denkst. Du bist talentiert, ja, aber du bist nicht unbesiegbar. Claires Mutter hat Jahrhunderte unermesslicher Erfahrung. Du riskierst dich selbst, und du musst verstehen, dass ich nicht dafür verantwortlich sein kann, was ich tun würde, wenn dir etwas passiert. Ich würde die Welt zerstören, wenn du nicht darin wärst«, antwortete er, schlang sie in eine Umarmung und hielt sie fest, als hätte er Angst, sie würde ihm davonstürzen.

Sie umfasste sanft seine stoppelige Wange und begegnete seinem warmen Schokoladenblick direkt. »Du unterschätzt mich. Außerdem habe ich etwas, was sie nicht haben. Die Macht der Drei, Baby«, prahlte sie und nickte zu ihren Schwestern.

»Zur Hölle jaah, das hat sie«, antwortete Suvi und bewegte ihren Hals hin und her, um ihre Worte zu unterstreichen.

»Zusammen sind wir die mächtigsten lebenden Hexen, Ronan. Vereint kann niemand uns schlagen. Und ich für meinen Teil habe eine Rückzahlung, die ich austeilen muss. Diese Schlampe hat meine Schwester zweimal fast umgebracht und sie hat unseren Laden ruiniert«, brachte Isis durch zusammengebissene Zähne hervor.

Ronan funkelte ihre Schwestern an und hob sie hoch. Gerne schlang sie ihre Beine um seine Hüften, ließ ihre Hände auf seinen breiten Schultern ruhen.

»Lasst euch das gesagt sein, ich werde das Leben meiner Gefährtin nicht riskieren, Ende der Diskussion«, sagte Ronan zu ihr und ihren Schwestern. Sie spürte, wie er durch seine Emotionen bebte, und wusste, dass sie ihn dabei nicht drängen durfte.

»Lass dir das gesagt sein, *Gefährte,* alles steht zur Diskussion.« Sie küsste ihn fieberhaft und zog sich zurück, als die anderen zu johlen und zu rufen begannen. »Aber ich verspreche, nichts zu tun, was mich in Gefahr bringt.« Mit ihren Schwestern an ihrer Seite hatte sie keine Bedenken deswegen, Claire gegenüberzutreten.

* * *

Einige Stunden später trat Pema zurück und betrachtete den Eindämmungskreis, den sie und ihre Schwestern in die Erde des Japanischen Gartens gelegt hatten. Es war ein

Glücksspiel gewesen, als sie Ronans Handy gestohlen und es benutzt hatte, um Claire eine Nachricht zu schicken, in der sie sie bat, sich an diesem Ort zu treffen.

Sie fühlte sich schuldig, Ronan getäuscht und mit einem Schlafzauber belegt zu haben, aber sie hatte nicht das Gefühl, eine andere Wahl zu haben. Er würde ihr nicht erlauben, das zu tun, was getan werden musste, und sie wollte nicht, dass er zwischen den Fronten stand. Sie und ihre Schwestern wollten versuchen, ein Geständnis zu bekommen, aber Pema wusste, dass es nicht so einfach werden würde.

In diesem Kampf würde es um Magie gehen, nicht um rohe Gewalt. Ronan hatte keine Möglichkeit, sich davor zu schützen, und Pema wäre zu abgelenkt, würde sich Sorgen darüber machen, was mit ihm passieren könnte. Sie musste ihre ganze Konzentration auf den bevorstehenden Kampf haben. Sich um Claire zu kümmern, war die einzige Möglichkeit für sie, mit ihrer Verpaarung weiterzumachen.

Der Kreis war versteckt, und da Claire keine starke Hexe war, würde sie hoffentlich nichts entdecken, bevor sie mittendrin gefangen war. Pema steckte ihren Zauberstab hinten in den Hosenbund ihrer Jeans und zog den Reißverschluss ihrer Jacke hoch, um sich gegen die Kälte einer Herbstnacht in Seattle abzuschirmen. Sie war nervös, diesen Zauber ohne ihre übliche Ausrüstung zu machen. Es würde keine Kerzen, Kräuter, Altäre oder Athamen geben. Sie mussten sich allein auf ihre Kraft und die Tatsache verlassen, dass es kurz vor Vollmond war. Ein Vollmond hätte ihnen mehr Kraft gegeben, aber Pema wollte nicht einmal mehr einen weiteren Tag warten.

»Sag mir noch einmal, warum wir sie nicht einfach töten können? Warum der Wahrheitszauber?« Isis blickte sich erwartungsvoll im Park um. Sie war mit diesem ganzen Aufbau nicht einverstanden und hatte gesagt, sie sollten sie gänzlich eliminieren.

»Wenn wir sie töten, macht uns das nicht besser als sie. Ich weigere mich, auch nur ansatzweise so zu sein wie sie. Sie dazu zu bringen, zuzugeben, was sie getan hat, wird ihr Schicksal besiegeln. Ich will, dass die Ältesten alles haben, was sie brauchen. Cele ist manipulativ und wird für ihre Tochter einen Ausweg finden. Wir werden dafür sorgen, dass sie das nicht kann. Bist du bereit das aufzunehmen, Suvi?« Die Grimmigkeit ihrer Gefühle überraschte sogar sie. Ihr Blut summte vor Erwartung, sie war bereit, dies hinter sich zu bringen. Als sie nach der Uhrzeit auf ihrem Handy schaute, bemerkte sie, dass Claire in fünf Minuten da sein sollte.

»Ich wurde bereit geboren«, sagte Suvi mit einem Zwinkern und hielt ihr Handy hoch. Pema liebte ihre Schwestern genauso sehr, wie sie Ronan liebte. Von dem Moment an, als sie geboren wurden, hatten sie eine Verbindung geteilt, die mit der des Gefährtenbands konkurrierte. Es gab nichts, was sie nicht füreinander tun würden, sogar Mord, wenn es nach Isis ginge.

»Danke, Schwesterchen, jetzt müsst ihr beide hinter diese Bäume gehen und eure Anwesenheit abschirmen«, erwiderte sie und deutete auf ein paar Ahorne wenige Meter entfernt. »Sie wird sich nicht nähern, wenn sie uns zusammen sieht, und wir brauchen sie im Kreis. Kommt raus, nachdem sie ihn aktiviert hat.« Pema scheuchte ihre Schwestern weg, drängte sie in Richtung der Bäume.

Nachteulen riefen von ihrem hohen Sitz aus und Grillen sangen, während der Mond hell schien. Pema schloss die Augen und legte den Kopf in den Nacken, absorbierte die Kraft der silbernen Strahlen. Das Knirschen toter Blätter brachte ihren Kopf nach unten und ihre Augen öffneten sich. Claire durchquerte den Park und war etwa zehn Meter von ihr entfernt stehengeblieben, Misstrauen stand ihr ins Gesicht geschrieben.

»Wo ist Ronan? Was hast du mit ihm gemacht? Er hat mich gebeten, ihn hier zu treffen«, blaffte Claire, ihre Wut loderte wie eine Sonne am Mitternachtshimmel. Mit ihren verkniffenen Gesichtszügen sah sie ihrer Mutter ähnlicher denn je. Die einzigen Dinge, die fehlten, waren Celes Brille und ihr straffer Dutt.

Worüber zur Hölle hatte diese Hexe wütend zu sein? Sie war diejenige, die versucht hatte, Pema zu vergiften, und *Black Moon,* in dem Versuch sie zu töten, in die Luft gejagt hatte. Pema war diejenige, die Gründe hatte, angepisst zu sein.

»Ronan kommt nicht, ich bin diejenige, die dir geschrieben hat. Wir haben Dinge zu regeln. Ich weiß, dass du es warst, die meinen Drink vergiftet und die Bombe in meinem Auto platziert hat. Hast du wirklich geglaubt, du würdest damit durchkommen?« Sie beobachtete die Frau genau, aber Claire verriet nichts. Pema konnte nicht anders als sich zu fragen, was Ronan in ihr gesehen hatte. Sie blickte die ganze Zeit finster drein und fuhr jeden an, der versuchte, sie in ein Gespräch zu verwickeln. Mit ihr zu sprechen war nie angenehm oder freundschaftlich gewesen, und sie war extrem ichbezogen. Sie hatte nichts Attraktives an sich.

Claires Stimme schrillte: »Du hast für nichts davon einen Beweis. Ich war letzten Abend nicht einmal in der Nähe vom *Black Moon*. Ich war bei meiner Mutter. Hast du einen der vielen anderen Leute in Betracht gezogen, die dich nicht mögen? Es könnte schwierig sein, das Feld einzugrenzen. Wenn das der einzige Grund ist, warum ich hier bin, dann gehe ich.«

Pema ballte ihre Hände zu Fäusten und legte sie auf ihre Hüften, um sich davon abzuhalten, die Distanz zu schließen und Claire umzuhauen. Plötzlich klang Isis' Idee grandios, aber sie musste sich zusammenreißen und sie in den Kreis locken. Sie würde sich nicht auf Claires Niveau herablassen.

Sie sagte sich, dass sie sich an den Plan halten musste. »Deine Mutter zu fragen wäre Zeitverschwendung. Sie hat immer dein Chaos aufgeräumt. Das ist das schwächste Alibi, das ich je gehört habe. Du kannst zugeben, was du getan hast, weil wir beide wissen, worum es wirklich geht. Du warst eifersüchtig auf mich, seit ich ein Baby war. Das ist erbärmlich, wenn man darüber nachdenkt. Eifersüchtig sein auf ein machtloses, kleines Baby. Dein Versuch, mich zu töten, ist zweimal gescheitert. Und ich gehe nirgendwohin, es sei denn, mein Schicksalsgefährte geht mit mir«, schnurrte Pema und beobachtete, wie Schock und Wut über Claires verkniffene Züge zogen.

»Jaah, das ist richtig. Ronan ist meiner, er gehört mir«, verkündete Pema und kostete Claires Empörung aus.

Claire haspelte und stammelte, ihr Gesicht wurde rot. »Die Göttin würde niemals einen Mann mit dir als Gefährtin segnen, oder in deinem Fall verfluchen. Du warst ein erbärmliches, armes Baby, und du bist eine erbärmliche Erwachsene. Ich habe nie verstanden, warum das Reich darüber sülzte, wie du und deine Schwestern den Thron besteigen und die Magie neu formen würden. Es war scheußlich, mächtigen Hexen und Hexern dabei zuzusehen, wie sie um einen Haufen *Striplinge* in Lumpen herumscharwenzeln«, spie sie aus.

Pema schwieg einen Moment lang vor Fassungslosigkeit. Erst vor zwei Jahren hatte sie ihre Reife erreicht und hatte ihre unterprivilegierten *Stripling*-Jahre hinter sich gelassen. Sie erinnerte sich, dass sie sich minderwertig gefühlt hatte, und hasste die Wolke, die ihre Armut über sie geworfen hatte. Claire wurde mit einem silbernen Löffel im Mund geboren und hatte keine Ahnung, was es bedeutete, für das zu arbeiten, was man hatte.

Pema und ihre Schwestern waren gezwungen gewesen, Arbeit im menschlichen Sektor zu finden, um irgendetwas zu haben. Sie hatten Überstunden gemacht und dreimal so viel gearbeitet, um ihren Laden zu eröffnen, und diese Hexe hatte ihnen genug genommen.

»Das muss eine harte Pille gewesen sein, von uns Tagelöhnern überschattet zu werden, wenn du aufgebaut wurdest, um zu übernehmen. Du hast nicht genug Talent, um zu herrschen, und ich vermute, dass deine Mutter das weiß. Du warst neidisch, dass meine Schwestern und ich die Lumpen gerockt haben und die Jungs zu uns strömten, ungeachtet dessen, was wir trugen«, sagte Pema lachend, verspottete sie, um sie näher an den Kreis zu beschwatzen.

Claire schrie auf und machte ein paar Schritte nach vorne, bevor sie die Kontrolle wiedererlangte. Verdammt, sie war fast an der Stelle. Pema würde härter arbeiten müssen, um sie zu ködern.

»Du hast jetzt vielleicht hübsche Klamotten und ein schickes Auto, aber egal wie viel Parfüm du auf einen Haufen Scheiße sprühst, es ist immer noch nur ein Haufen Scheiße«, erwiderte Claire scharf.

Pema ignorierte ihre Worte. »Du bist eine dreiste Lügnerin. Ich habe viele Dinge, die du willst, Talent, Macht, den Respekt des Reichs und Schönheit. Oh, und vergessen wir nicht … Ronan. Deshalb bist du schließlich hierhergekommen.« Pema beobachtete, wie Claires Raserei ihre Augen verdunkelte und sie einen weiteren Schritt nach vorne machte. Sie war beinahe am Rand des Kreises. »Zu wissen, dass er mir gehört, muss dich lebendig auffressen. Er wird mein Bett und mein Leben teilen. Du wirst ihn nie wieder haben. Und deine Anschläge auf mein Leben waren lachhaft. Du konntest mich nicht einmal töten. Das kannst du doch bestimmt besser.«

Claire schrie Obszönitäten heraus und ging auf sie los. »Meine Anschläge sind nicht lachhaft. Ich hatte dich fast. Wenn Jace in jener Nacht nicht da gewesen wäre, wärst du tot. Ich habe keine Ahnung, wie du die Explosion überlebt hast, aber dieses Mal wirst du nicht überleben!«

Pema legte ihre Hand auf ihren Zauberstab an ihrem Kreuz und blieb standhaft. Die aufgebrachte Frau querte in ihren Kreis, aktivierte damit mit einem strahlenden Blitz den Zauber. Sie ging weiter vorwärts, verloren in ihrer Wut, und prallte vom äußeren Rand ab, nur wenige Zentimeter von Pema entfernt.

Isis und Suvi kamen aus ihren Verstecken heraus, wobei Suvi ihr Handy hielt. Die drei zogen ihre Zauberstäbe heraus und betraten den Kreis. Claires Augen weiteten sich bei dem Anblick. Sie bildeten ein V, Pema an der Spitze der Formation, am nächsten zu Claire, die ihren Zauberstab gezückt und auf sie alle gerichtet hatte.

»Bleibt zurück. Geht weg von mir!«, schrie Claire schrill.

Pema beäugte ihre Schwestern, bevor sie sich umdrehte und sah, dass Claires Augen einen wilden Ausdruck angenommen hatten. Die Angst der Hexe war greifbar. Sie war auf unfaire Weise unterlegen und hatte keine Chance gegen die drei. Pema hatte Mitleid mit ihr, wischte ihr Mitgefühl aber beiseite. Die Frau hatte versucht, sie zu töten, und verdiente ihre Rücksicht nicht.

Trotzdem war sie niemand, der unfaire Vorteile ausnutzte. Das war etwas, was Claire tun würde. »Das ist mein Kampf. Nicht eingreifen«, sagte Pema zu ihren Schwestern und konzentrierte sich wieder auf Claire. »Nur du und ich. Mal sehen, wer mächtiger ist, wollen wir?«

Claire straffte die Schultern und begegnete Pemas entschlossenem Blick. »Das wird einfach. Ich bin weitaus mächtiger.« Claire deutete mit ihrem Zauberstab und murmelte einen Zauberspruch, bevor Pema antworten konnte. Silberne Funken schossen aus dem Zauberstab und flogen auf Pemas Brust zu. Pema fiel zu Boden, ihr Herz setzte einige Schläge aus, als die Ladung sie durchfuhr, und sie biss gegen den Schmerz die Zähne zusammen. Ihre Hand schwankte, aber sie konnte ihren Zauberstab auf Claire gerichtet halten. Sie stieß einen Gegenzauber aus, der an Claires Schulter vorbeisegelte.

Als Claire sich duckte, sprang Pema auf und die beiden fingen an, sich gegenseitig zu umkreisen. Isis und Suvi folgten hinter Pema. Als Claire über einen Zweig stolperte, wirkte Pema einen Zauberspruch. Das blaue Licht traf Claire hoch an ihrer Schulter, was sie aufschreien ließ.

»Ist das alles, was du hast? Ein Kätzchen schlägt härter zu«, stichelte Claire, als sie eine amethystfarbene Energiekugel in hohem Bogen auf Pema warf. Diese traf sie in die Seite und raubte ihr den Atem. Keuchend schleuderte Pema einen weiteren Zauberspruch, der auf Claires Oberschenkel landete. Sie gingen ringsum herum und warfen Zaubersprüche in hohem Bogen hin und her. Einige trafen ihr Ziel und verursachten scharfe Schmerzen, während andere auf dem Boden einschlugen und die Erde zum Beben brachten.

Pema wurde müde und musste aufgeladen werden. Sie streckte ihre Hand nach hinten nach Suvi aus, während Isis' Hand in dem Moment auf ihrer Schulter war, als sie ihre Finger mit Suvi verschränkte, was die drei verband. Ein vertrautes Summen von Macht wölbte sich durch die drei und am Himmel über ihnen braute sich ein Sturm zusammen. Der Wind frischte auf und Geröll wirbelte überall um sie herum.

Claires Augen flackerten vor Panik, aber sie gab nicht auf, wie es schien. Das Fieber verließ zu keiner Zeit ihre mitternachtsfarbenen Augen. »Du magst seine Gefährtin sein, aber das wird nichts bedeuten, nachdem ich ihn dazu gebracht habe, mich zu lieben. Und vertrau mir, er hat immer Liebe mit mir gemacht. Er ist nicht einfach nur dagestanden und hat mich wie ein Tier gefickt!«

O nein, das hat sie nicht, dachte Pema, während ihre Wut

sich augenblicklich außer Kontrolle schraubte. Sie zog ihre Hände frei und richtete ihren Zauberstab auf Claire. Sie spürte, wie sich Suvi und Isis nach ihr ausstreckten, aber sie hatte diese Hexe satt. Unheilverkündende Wolken verdeckten den Mond und ein Blitzschlag auf den Boden außerhalb ihres Kreises beleuchtete den Bereich. Regenschauer begannen vom Himmel zu strömen, während Donner grollte, was den Sturm in Pema wiedergab. »*Dichuimhneatum*«, brüllte Pema über das Unwetter hinweg und gab all ihren Zorn frei.

Claire versteifte sich und ihre Augen rollten in ihrem Kopf nach hinten, bevor ihr Körper auf dem Boden zusammensackte. Pema keuchte und Schweißperlen standen auf ihrer Stirn, obwohl sie vom Regen durchnässt war. Sie näherte sich der bewusstlosen Frau und stupste sie mit einem Fuß an. Claire reagierte nicht. Stattdessen begann ihr Körper zu krampfen und ihre Arme zogen sich zu ihrer Brust, während Blitze um sie beide herum regneten. Pema blickte panisch zu ihren Schwestern zurück. Was zur Hölle hatte sie getan?

KAPITEL DREIZEHN

Ronans Augen waren randvoll mit Tränen, als Hayden Pema die Worte seiner Verpaarungszeremonie zuflüsterte und Ronan und Pema für die Ewigkeit verband. Seit der Nacht, in der Pema Claire angegriffen hatte, war eine lange Woche vergangen. Er war immer noch wütend, dass Pema hinter seinem Rücken gegangen war und Claire konfrontiert hatte, aber trotzdem war er stolz auf sie. Seine Gefährtin handelte mutig und hatte ihre Macht bewiesen.

Er wusste, dass Cele Rache dafür wollte, dass Pema Claires Verstand ausgelöscht hatte. Pema hatte es nicht beabsichtigt, aber sie hatte Claire hirntot gemacht. Sie würden gemeinsam mit Cele umgehen, wenn sie sich entschied, Vergeltung zu suchen. Das war ein Versprechen, das er seiner Gefährtin abgerungen hat, bevor sie sich auf einen Termin für ihre Zeremonie einigten.

Er schüttelte diese störenden Gedanken beiseite, blickte Pema an und dankte der Göttin für solch ein unbezahlbares Geschenk. Er war der glücklichste Mann im Tehrex Reich. Seine Gefährtin hörte nie auf, ihn zu verblüffen. Innerhalb weniger Tage hatten sie und ihre Schwestern *Black Moon* wieder in Gang gebracht *und* ihre Verpaarung geplant.

Ein heißer Schwall Schmerz flammte in seinem Gefährtenmal auf, was ihn froh machte, dass die Zeremonie fast erledigt war. Der Gedanke ließ seinen Bären begierig darauf sein, jeden Zentimeter seiner Gefährtin zu beanspruchen. Ronans Blut erhitzte sich bei der lasziven Neigung seiner Gedanken, da er wusste, was er bald tun würde. Er nahm einen tiefen und beruhigenden Atemzug, welcher alles andere als das war, als er den Duft der Erregung seiner kleinen Hexe erhaschte.

Sein daraus resultierendes Knurren wurde von Haydens tiefer Stimme abgeschnitten. »Ich segne diese Verpaarung unter der Sonne und dem Mond. Dieser Kreis der Liebe und Ehre ist offen und niemals unterbrochen, so soll es sein.« Hayden hob ihre verschränkten Hände in Richtung ihrer Gruppe von Freunden und Familie. Einhüllende Wärme durchflutete Ronan bei der Verkündung.

* * *

PEMA STAND EHRFÜRCHTIG DA, als die letzten Worte ihrer Verpaarung gesprochen wurden. Eine Vibration verließ den Verpaarungsstein und wanderte aus ihrer Hand ihren Arm hinab. Sie spürte, wie beide Seelen ihren Körper verließen und in den Stein eintraten. Sie schaute zu ihren verschränkten Händen auf und sah ein goldenes Licht zwischen ihrer beider Finger aufblitzen. Ihre Haut kribbelte durch die belebende Magie. Sie absorbierte automatisch etwas von dieser Magie, flößte ihre eigene ein. Die Verbindung, die sie zu Ronan spürte, verfestigte sich zu dicken goldenen Bändern, die sie vereinigten.

Sie rieb über die Wärme in ihrer Brust und blickte nach unten. Es war, als würde sie ein Kokon aus einem Kettengeflecht umgeben, der ein Gefühl von Frieden und Erfüllung mit sich brachte.

In einem strahlenden Blitz flossen ihre vereinten Seelen zurück in ihren Körper, was sie nach Luft schnappen ließ. Ihre Augen verließen Ronans zu keiner Zeit und sie sah ihre Glückseligkeit und ihr Staunen zu sich widergespiegelt. Sie spürte, wie sich das Band zwischen ihnen in ihrer vervollständigten Seele verankerte.

Zu sagen, dass sie sich ganz fühlte, unterstrich die Ungeheuerlichkeit dessen, was sie erlebt hatte, und es erwärmte ihr Herz zu sehen, dass Ronan dasselbe fühlte. Sie erkundete ihre Seele und stellte voller Ehrfurcht fest, dass sie während der Verpaarung so mit Ronans verwoben wurde, dass ein Teil von beiden in ihr hauste. Sie wusste alles, was er fühlte und dachte. Es war überwältigend, aber dennoch wahrlich bemerkenswert.

Ihr Herz raste, als sie spürte, wie sich die Magie ihrer Verpaarung verfestigte. Die Lichter flackerten weiterhin durch ihre verbundenen Hände, was einen strahlenden Stroboskopeffekt erzeugte. Die Vibration verstärkte sich und wurde von einem stechenden Schmerz in ihrer Handfläche gefolgt. Was war das mit dem Schmerz, der mit einer Verpaarung einherging? Zuerst der unerbittliche Schmerz in ihrem Gefährtenmal, und jetzt das. Sie war mehr als bereit für das Vergnügen.

Da er die Fähigkeit hatte, ihr Unbehagen zu spüren, umfasste Ronan ihre Wange und senkte seine Lippen auf ihre, küsste sie innig. Der Schmerz, obwohl intensiv, verblasste in den Hintergrund, als die Erregung sich schnell aufbaute, um ihn zu verdrängen. Er goss all seine Liebe und sein Verlangen in seinen Kuss und lange Augenblicke später trennten sie sich unter lauten Freudenschreien und Rufen.

Ihre Schwestern und Eltern drängten sich um sie. Widerstrebend ließ sie Ronans Hand los und machte sich daran, ihm ihren gemeinsamen Verpaarungsstein zum Beschützen zu geben. »O meine Göttin.« Sie schaute auf ihre Hand und bemerkte, dass der Stein ein perfekter Chocolate-Diamant und in ihre Handfläche eingebettet war. Sie hob den Kopf und begegnete Ronans verblüfften Augen, dann wandte sie sich ihrer Mutter und ihren Schwestern zu.

»Was ist das? Du hast gesagt, es wäre ein Stein, den wir sicher verwahren müssten«, fragte sie ihre Mutter.

»Tochter, du bist etwas Besonderes. Ich kann das Warum nicht erklären, aber vertraue darauf, dass die Göttin einen Plan hat und es einen Grund gibt. Auf jeden Fall könnte es an keinem sichereren Ort sein«, versicherte ihre Mutter. Sie umarmte ihre Mutter, froh, dass sie endlich mit ihr in Kontakt getreten war. Sie war so wütend gewesen und hatte sich geweigert, der Seite ihrer Mutter zuzuhören.

Nachdem sie Ronan getroffen hatte, verstand sie, warum ihre Mutter ihren Schicksalsgefährten nicht von sich weisen konnte. Sie hatten mehrmals miteinander gesprochen, und Pema hatte mit ihrer Mutter eine neue Kameradschaft gefunden, die sie wertzuschätzen anfing.

Ihr Vater trat um ihre Mutter herum und schlang seinen Arm um sie. »Deine Mutter hat Recht. Ich bin so stolz auf dich. Ich liebe dich, Süße. Herzlichen Glückwunsch.« Er küsste sie auf die Wange.

Pema packte ihn und flüsterte ihm ins Ohr. »Ich weiß, dass du eine schwere Zeit hattest, aber deine Gefährtin ist da draußen und auch du wirst diese außergewöhnliche Liebe finden.«

Als sie sich zurückzog, sah sie die Tränen in seinen Augen, zusammen mit einem Hoffnungsschimmer. Er nickte ihr zu und übergab sie der Barriere aus wartenden Leuten.

Es schien eine Ewigkeit zu dauern, bis sie wieder in Ronans Armen war. Sie gingen auf die Tanzfläche vom *Confetti Too,* wo die Zeremonie stattgefunden hatte. Sie blickte zu ihrem Gefährten auf und spürte, wie ihr Herz vor Liebe anschwoll. »Ich liebe dich, Ronan.«

Er packte ihren Arsch und zog sie an die Linie seines Körpers. »Ich liebe dich auch, Gefährtin. Und ich muss in dir sein, bevor ich den Verstand verliere«, knurrte er.

»Mmm hmm«, stimmte sie zu. »Also, wie lange, bis wir allein sein können?«, fragte sie und küsste ihn. Sie hörte, wie sein Atem stockte, und sein Kieferndutt wurde intensiver.

»Wir können uns jederzeit in unser Zimmer davonschleichen. Sag mir, dass du jetzt gehen willst«, sagte er mit rauchiger Stimme. Die Erinnerung an das erste Mal, als sie Sex im Hinterzimmer hatten, ließ Feuer durch Pemas Blut rasen.

»Göttin ja, jetzt«, murmelte sie an seinen Lippen. Er hob sie hoch und ging in Richtung des hinteren Teils, ohne jemals den Kontakt zu unterbrechen oder zu ihren Gästen zurückzuschauen. Sie zog ihr Kleid hoch und schlang ihre Beine um seine Hüften.

Er verlagerte seinen Griff um sie und drehte den Knauf, warf eine Tür auf. Sie drehte den Kopf und keuchte bei dem, was sie sah. Das große, mit Seide bezogene Bett nahm den größten Teil des Raums ein, der jetzt mit Wildblumen und Hunderten von Kerzen gefüllt war, die den Raum erleuchteten und flackernde Schatten an die Wände warfen. »Oh, wow.« Sie begegnete seinem Blick, war von seiner Aufmerksamkeit mehr berührt als sie in Worte fassen konnte.

»Ich wollte, dass es perfekt ist«, verkündete er.

Er hatte so viel getan, um ihr zu zeigen, dass sie wertgeschätzt wurde, und sie wollte sich erkenntlich zeigen. Sie löste ihre Beine und glitt langsam an seinem Körper hinab. Sie legte ihre Hände auf seine Hüften. »Du bedeutest mir die Welt, Ronan. Lass mich dir zeigen, wie sehr ich dich liebe.« Sie griff nach seinem Knopf und ließ ihn aufschnappen.

* * *

RONAN SAH ZU, wie sie seine Hose öffnete und diese bis zu seinen Knöcheln rutschen ließ. Sie blieb vor ihm auf den Knien, nur einen Atemzug von seinem angespannten Schwanz entfernt. Sie war eindeutig die schönste und sinnlichste Frau, die je erschaffen wurde. Der Anblick machte ihn beinahe fertig. Er war begierig auf den Blutaustausch, der ihre Verpaarung abschließen würde, aber er würde sie nicht aufhalten … noch nicht.

Ihre Augen auf seinem Schaft zu haben machte ihn noch härter, ließ den Lusttropfen aus der Spitze sickern. Ihre Zunge schlängelte sich heraus und leckte an ihrer Unterlippe. Der kleine Teufel war begierig darauf, ihn zu schmecken. Sexyeste Sache aller Zeiten. Sie schaute auf, während diese Zunge sich um den Millimeter ausdehnte, um ihn zu kosten. Seine Knie schlossen sich, als Vergnügen durch seinen Schaft explodierte. Ihre winzige Faust schlang sich um seine erstaunliche Länge und streichelte ihn. »Liebes, du bringst mich um. Saug ihn in diesen heißen kleinen Mund.«

Ein Mundwinkel verzog sich zu einem Lächeln, bevor sie dem nachkam, indem sie ihre Lippen öffnete und den nervengeladenen Kopf in ihren Mund saugte. Sie nahm ihn bis ganz nach hinten in ihre Kehle, sandte Empfindungen, die durch seine Sinne explodierten. »Fuck!«, schrie er auf, während sie hart an ihm saugte. »Göttin, mach weiter so und ich werde in deinem Mund explodieren.«

Er roch ihren Erregungsschub bei seinen Worten und sein Tier regte sich, sehnte sich danach, sie vollständig zu beanspruchen. Wenn er seinem Bären freien Lauf ließ, würde er ihre dunkle Passage nehmen. Ronan würde das nicht vor dem Blutaustausch zulassen, aber später, versprach er. Heute Abend ging es darum, ihr Band zu zementieren. Seine Gedanken zerstreuten sich, als sie ihre Hand auf und ab pumpte, während sie an ihm saugte. Seine Hände flogen in ihr Haar und er spürte, wie seine Hüften mit ihren Zuwendungen stießen.

Er versuchte sich zurückzuziehen, bevor es zu spät war, da er wusste, dass sie angetörnt war und sich auch schmerzlich sehnte, aber sie weigerte sich, ihm zu erlauben, sich zu bewegen. Sie griff unter ihr Kleid und ließ ihre Hand in ihr eigenes Höschen gleiten. Sie stöhnte an ihm, als sie sich berührte. »Lass mich los, ich muss dich kosten.« Sie schüttelte den Kopf und streckte ihre Hand aus, stieß ihre Finger in seinen Mund. Er leckte sie sauber. Seine Gefährtin war nicht schüchtern und das verwandelte das Blut in seinen Adern in Lava.

»Genug«, bellte er und zog sich von ihr zurück. Er hob sie hoch und warf sie aufs Bett. »Ich kann es kaum erwarten, in dir zu sein. Ich werde so sanft wie möglich sein, aber wegen dir bin ich in einem Rausch«, stieß er hervor, als er den Rock ihres Kleides hochhob und ihr Höschen wegriss.

»Ich will nicht sanft, Ronan. Lass dein Tier raus. Fick mich hart und schnell.«

Er zog das Oberteil ihres Kleides nach unten und entblößte ihre Brüste. Verlangen überschrieb alles andere. Er musste sie haben oder er würde sterben. Mit ihr würde es immer so sein, wurde ihm klar. Diese intensive, überwältigende Leidenschaft. Und er könnte nicht glücklicher sein.

»Du bist noch nicht bereit für meinen Bären. Bald … aber nicht heute Abend.« Er küsste sie, stoppte damit ihre Proteste. Seine Zunge bewegte sich über ihre und fachte die Flammen höher an. Er fuhr mit seinen Händen an den Seiten ihres Körpers hoch und kniff auf dem Weg ihre Brustwarzen. Er küsste sie zwischen ihren Brüsten und hinunter zu dem weichen Fleisch zwischen ihren Beinen. Zu aufgeputscht, verschwendete er keine Zeit dabei, mit seiner Zunge von ihrem Kern zu ihrem Nervenbündel zu fahren. Er saugte ihren Kitzler in seinen Mund, schmeckte die Hitze und das Bedürfnis. die durch sie flammten. Seine Zunge leckte ihre Öffnung, liebte die süßen Sommererdbeeren. Es war ein Aphrodisiakum für seine Sinne.

»Ich brauche mehr Ronan. Gib mir mehr, verdammt«, verlangte sie.

Er war jenseits von Worten, erhob sich über sie und drückte seinen Schwanz gegen die geschwollenen Falten ihrer Möse. Sie war so verdammt feucht für ihn. Er rieb mit seiner Länge an ihrem Schlitz entlang, überzog seinen Schwanz mit ihren Säften. Er zog seine Hüften zurück, dann, Zentimeter um Zentimeter, sank er in *Annwyn* ein. Er spürte, wie sie sich wie eine schlüpfrige, feuchte Faust straffte und um ihn zusammenzog.

»Du bist so heiß und eng. Göttin, es ist eine exquisite Qual«, verkündete er. In diesem Moment wollte er tun, um was sie gebeten hatte, und seinen Bären freilassen, um sie beide in eine heftige Erlösung zu ficken. Tatsächlich war er sich nicht sicher, ob verhindern konnte, dass das geschah. Das Verlangen nach dem Blutaustausch war das Einzige, was ihn davon abhielt.

Er zog sich heraus und stieß langsam wieder hinein, genoss die köstliche Folter. »Das ist nur das Appetithäppchen. Der Hauptgang kommt, wenn wir nach Hause kommen. So sehr ich es lieben würde, hier zu bleiben und die ganze Nacht Liebe mit dir zu machen, wir haben Freunde und Familie, die auf uns warten«, grunzte er und unterstrich seinen Punkt mit einem harten Ausfallschritt zurück in ihre Enge. Sie melkte ihn und saugte ihn gierig wieder rein.

Sie hob ihren Kopf und saugte eine seiner Brustwarzen in ihren Mund, was ihn überrumpelte, während sie gleichzeitig zwischen ihre Körper griff und seine Eier packte. Er schrie auf und verlor fast genau dann seinen Samen. Ungezogene kleine Hexe. Es kostete ihn all seine Kraft, aber er setzte sein langsames Tempo fort.

Sie drückte seine Eier noch einmal und biss in seine Brustwarze. Das brach seinen Willen und ein Knurren verließ ihn. Er begann in ihren heißen Körper zu pumpen, während ihre Möse sich um ihn klemmte. Sie war kurz davor und er griff zwischen ihre Körper und fand ihren Kitzler. Er kniff den angeschwollenen Knopf zwischen Daumen und Zeigefinger. Sie explodierte um ihn herum und er spürte, wie sich seine Schneidezähne verlängerten.

»Du bist mein. Jetzt und für immer. Ich werde dich für den Rest meines Lebens und darüber hinaus wertschätzen. Bist du bereit für den Blutaustausch?« Sie wogte um ihn herum, offensichtlich begeistert von der Idee. Für Übernatürliche verfestigte sich die Verpaarung während des Blutaustauschs und Ronan starb vor Vorfreude. Er war am Rande des Orgasmus, hielt sich aber für diesen Moment zurück.

»Ich war noch nie in meinem Leben bereiter für irgendetwas«, sagte sie, keuchte und kam von ihrem Höhepunkt herunter.

»Ich liebe dich«, sagte er, während er ihre Halsbeuge leckte, das Fleisch neckte und ihren Puls hämmern ließ. Er stöhnte, als sie seine Eier losließ und seine Schultern packte, ihren Körper hochzog. Sie versenkte ihre stumpfen Zähne in seiner Schulter, was ihn aufschreien ließ, bevor er den Gefallen erwiderte und seine Eckzähne in ihr zartes Fleisch versenkte. In dem Moment, in dem ihr Blut auf seine Zunge traf, schwoll sein Schwanz an und schloss ihn in ihrer sich windenden Möse ein, während sie beide explodierten.

Als ihre Höhepunkte durch sie rissen, spürte er, wie das letzte Glied ihrer Verpaarung einrastete. Sie kam hart und murmelte etwas, das er durch den Dunst kaum hörte. Ein exquisiter Lustschmerz, der nur dazu diente, seine Erlösung zu intensivieren, floss von der Stelle, an der sie in seinen

Hals gebissen hatte. Er ließ sich davon überschwemmen und brach beinahe auf ihr zusammen, nachdem sie beide erschöpft waren.

Schweiß bedeckte ihre beiden Körper und sie keuchte so heftig wie er. Er rollte sich zur Seite, trennte ihre Körper und zog sie in seine Umarmung. Sie hob ihren Arm und inspizierte ihr Gefährtenmal. Er warf einen Blick auf sein eigenes und erkannte, dass das Brandzeichen jetzt, wie ein Tattoo, mit Tinte in seine Haut geschrieben war. Er legte seinen Arm neben ihren, sah, dass sie zusammenpassten.

In der Ferne hörten sie Stimmen, die von ihrer Verpaarungsfeier widerhallten. Sein Körper war für einen Moment satt, bis seine sexy kleine Hexe ihren köstlichen Hintern gegen seine Leiste wackelte und ihn aufweckte. »Das war jenseits unglaublich. Ich möchte sagen, vergiss die anderen, und die ganze Nacht hier bei dir bleiben, aber ich nehme an, wir müssen zurück zur Party«, murmelte sie.

»Hexe, du kannst nicht mit diesem ausgezeichneten Hintern an mir wackeln und erwarten, dass ich ihn nicht nehmen werde. Die Party *wird* warten«, knurrte er und küsste sie leidenschaftlich.

* * *

Eine weitere Glühbirne explodierte über ihrem Kopf und eine Träne lief über Celes Wange. Sie war zornig auf diese Rowan-Drillinge, und wenn sie ihre Kraft nicht bräuchte, wären sie alle schon tot. Sie hatten ihr Vermächtnis zerstört und ihr alles genommen, was wichtig für sie war.

Sie strich ein einzelnes Haar aus der Stirn ihrer Tochter und unterdrückte ihre Emotionen. Sie sprach erneut einen Wiederherstellungszauber, aber Claire reagierte nicht. Es war nichts mehr übrig als die Hülle ihrer schönen Claire. Es brach ihr das Herz, ihre Tochter jetzt anzusehen. Claire, die einst so voller Leben war, saß jetzt machtlos über ihren Körper und ihren Geist da, wobei Sabber ihr Kinn heruntertropfte und ihre Hände nach innen gedreht und an ihrer Brust eingerollt waren.

Cele wandte sich ab, als die Krankenschwester den Raum betrat, um sich um ihre Tochter zu kümmern, und schwor, dass die Rowans für das, was sie getan hatten, leiden würden.

AUSZUG AUS ISIS' VERRAT, ALLIANZ DER DARK WARRIOR BUCH 4

»Wenn ich diesen Bären noch ein verfluchtes Mal mehr knurren hören muss, lähme ich seine Stimmbänder. Göttin, tauchen sie jemals auf, um Luft zu holen?«, fragte Isis unfähig, ihre Verärgerung länger zu zügeln.

»Nicht seit der Verpaarungszeremonie«, sagte Suvi lachend. »Komm schon, Schwesterchen, Pema hat dieses Glück verdient.« Isis beobachtete die jüngste ihrer Schwestern genau, beneidete sie um ihre Unbeschwertheit.

»Ich weiß, dass sie das tut, und du hast Recht, aber ich spüre, wie die Wände immer näherkommen. Lass uns ins *Confetti Too* gehen«, sagte Isis. Sie hatte in den letzten Tagen erwogen, auszuziehen, aber am Ende wusste sie, dass das keine Option war. Im Gegensatz zu Menschen blühten Übernatürliche nicht durch Unabhängigkeit auf. Übernatürliche gediehen, wenn sie mit Familie und Freunden zusammenlebten; wohingegen einsame Individuen dazu neigten, zu verkümmern.

Isis schaute hinüber und bemerkte, dass Suvi gerade eine

SMS tippte. Bevor sie den Blick vom Handy hob, piepste es. »Ich bin dabei. Die Dark Warrior werden dort sein. Komm schon, du musst etwas Sexyeres anziehen. Und wir müssen etwas Essen vor Pemas Tür lassen, bevor wir gehen.« Suvis musikalische Stimme war von Aufregung erfüllt und Isis konnte nicht anders, als sich auch auf den Abend zu freuen.

Isis widerstand Suvis Drängen und strich ihr Haar glatt. »Ich werde gehen, aber ich ziehe mich nicht um. Das ist meine Lieblingsjeans und was ist falsch an diesem Top?«, fragte Isis, während sie ihre Kleidung begutachtete. Es war ein stylisches Top und sie hatte in der Vergangenheit mehrere Komplimente für ihre engen Jeans bekommen, die ihre Hüften betonte.

Suvi streckte die Hände aus und öffnete die oberen beiden Knöpfe ihres grünen Shirts. »Was nicht stimmt, Schwester, ist, dass du mehr Dekolleté zeigen musst.«

Isis rollte mit den Augen und ging zur Hintertür. »Ich muss nichts zeigen, um Aufmerksamkeit zu bekommen. Tatsächlich eine kleine Lektion für dich: Männer mögen ein kleines Mysterium. Lass sie ihre Vorstellungskraft nutzen, dafür arbeiten. Niemand will, was er sehen kann. Die Hälfte der Aufregung für sie ist die Fantasie, die sie in ihrem Kopf über dich erschaffen«, sagte sie lächelnd und zwinkerte ihrer Schwester zu.

»Na ja, ich ziehe mich um. Ich hatte noch nie jemanden, der sich darüber beschwert hat, wie ich aussehe. Tatsächlich ist weniger mehr«, sagte Suvi bei ihrer Antwort glucksend, als sie zur Treppe ging. Isis folgte ihr in den ersten Stock, wo das Geräusch von heißem Wandler-auf-Hexe-Sex lauter wurde.

Isis blickte auf ihr Crinkle-Chiffon-Top und dachte darüber nach, sich ebenfalls umzuziehen, entschied sich aber dagegen, weil sie das Haus lieber früher als später verlassen wollte. Suvis Kleiderwahl war immer gut zusammengestellt, aber sie hoffte, dass sie nicht zu lange brauchte.

Als sie Suvis Zimmer betraten, war Isis noch nie so dankbar dafür gewesen, eine Hexe zu sein, wie sie es gewesen war, seit Pema verpaart wurde. Das Gehör von Hexen war nicht so stark wie das anderer Unsterblicher, daher war sie nicht in der Lage, die exakten Geräusche ihres Liebesspiels aufzuschnappen, wie sie es tun würde, wenn sie ein Vampir oder ein Wandler wäre. Sie lachte laut, als sie an die Heimzahlungen für Ronan dachte, wenn sie oder Suvi endlich ihren Schicksalsgefährten fanden. Er würde in der Lage sein, alles zu hören.

Ihre Gedanken wanderten zu den Dark Warrior und sie fragte sich müßig, ob deren Räume schallisoliert waren, um den Lärm zu dämpfen. Sie mutmaßte, dass in diesem Haus mit einem Haufen unverpaarter Männer und zwei verpaarten Paaren eine gereizte Atmosphäre herrschen könnte. Eine Sache, die sie schließlich gelernt hatte, seit das Verpaarungsphänomen in das Tehrex Reich zurückgekehrt war, war, dass Schicksalsgefährten zusammen entflammbar waren.

Isis war nicht wie ihre Schwester Pema, die ihren Schicksalsgefährten nicht gewollt hatte. Pema und Ronan hatten alle Hände voll zu tun gehabt, bevor sie offiziell verpaart wurden. Ronans Ex-Freundin Claire hatte zweimal versucht, Pema zu töten, und Pema hatte ihre Vorurteile überwinden müssen, um Ronan schließlich zu akzeptieren. Allein der Gedanke daran, was Claire Pema angetan hatte, ließ Isis' Wut aufflammen und sofort explodierten mehrere Glühbirnen in der Decke. Als winzige Glasscherben losflogen, drückte sie diese schnell nieder, bevor noch mehr Schaden angerichtet wurde.

»Bist du okay?« Suvi drehte sich um und beäugte sie argwöhnisch.

»Mir geht's gut. Also, warum ist dieses rote Kleid nicht gut genug für dich?«

»Weil ich es den ganzen Tag getragen habe und ich dieses neue Lilafarbene tragen möchte, das ich gerade geholt habe. Ich habe ein süßes, kleines grünes Kleid, das besser aussehen wird als deine Jeans«, versuchte Suvi erneut, sie davon zu überzeugen, sich umzuziehen. Isis sah zu, wie Suvi Klamotten aus ihrem Schrank warf, während sie nach etwas zum Anziehen suchte.

Isis war nicht dagegen, sich in Schale zu werfen oder Kleidung zu tragen, die andere als freizügig ansehen würden, aber sie verspürte nicht das Bedürfnis, aus jedem Ausflug eine Inszenierung zu machen. Sie fühlte sich bereits sexy in dem, was sie trug, also verspürte sie nicht das Bedürfnis, sich umzuziehen. Sie setzte sich an Suvis Schminktisch und blickte in den Spiegel, gab zu, dass sie jedoch ihr Make-up auffrischen konnte.

Suvi kam aus dem Schrank und hielt zwei Kleider hoch. »Ich denke, du solltest das Grüne tragen, weil es toll zu deinen roten Haaren aussehen wird, aber das Blaue würde auch spitzenmäßig an dir aussehen. Hier, probier's an.«

»Ich ziehe mich nicht um, Suvi. Mir gefällt, was ich anhabe«, stieß Isis zwischen zusammengebissenen Zähnen hervor und versuchte, ihre Frustration zurückzuhalten, bevor sie sich in Wut verwandelte. Sie wandte sich wieder dem Spiegel zu und vollendete ihr Augen-Make-up.

»Okay, kapiert. Du weißt, ich kann mir nicht helfen, wenn es um Klamotten und Schuhe geht. Oooh, hübsche Smokey Eyes. Probier diesen schimmernden Lipgloss.« Isis lächelte Suvi im Spiegel an. Wie man sie kennt, brachte Suvi nichts sehr auf.

Die drei balancierten sich perfekt aus, aber Isis fiel es schwer, sich an die Veränderungen in der Dynamik anzupassen, die Ronan geschaffen hatte. Ihre Verpaarung war das

Beste, und sie würde niemals wollen, dass Pema ohne den Bären war, aber im Casa de Rowan waren die Dinge definitiv anders. Normalerweise hätte sich Pema mit ihnen fertig gemacht und sich ihnen angeschlossen, um auszugehen. Ein Drittel der Macht der Drei hatte in letzter Zeit gefehlt.

Suvi streifte ihr rotes Kleid ab und hüllte sich in eine hautenges, kleines lila Teil. Das Kleidungsstück war eines der kürzesten Kleider, die sie je gesehen hatte. »Suvi, du solltest dich heute Abend besser nicht bücken. Ich weiß, dass es dir nichts ausmacht, den Männern deine Vorzüge zu zeigen, aber ich glaube nicht, dass du ihnen deinen schwarzen Tanga zeigen musst.«

Ein lautes Brüllen aus dem Nebenzimmer ließ sie einander ansehen. »Zeit zu gehen«, sagten sie unisono und brachen in Gelächter aus.

Sie steuerten schnell nach unten. »Ihr könnt gerne ein paar Stunden lang nackt durch das Haus streifen. Wir machen uns zum *Confetti* auf«, rief Suvi aus, als sie an Pemas Tür vorbeigingen.

»Es sind Reste im Kühlschrank, aber wag es nicht, mein Stück Key Lime Pie anzufassen, oder ich verhau dir in den Arsch«, drohte Isis und meinte jedes Wort ernst. Niemand rührte ihr Lieblingsdessert an und überlebte.

Sie ignorierten Pemas gedämpfte Antwort und Isis schnappte sich die Schlüssel für den Audi vom Haken neben der Hintertür und warf sie über ihre Schulter. »Du fährst, Schlampe«, sagte sie Suvi zuzwinkernd.

* * *

»O GÖTTIN, da kommt die schlichte Paula«, Isis beugte sich vor und flüsterte Suvi zu. »Was auch immer du tust, lass sie nicht über ihren Personal-Training-Schwachsinn reden … Als ob das jemanden interessieren würde. Merkt sie nicht, dass wir keinen Sport treiben müssen? Anscheinend nicht, da sie nie die Klappe hält, wenn sie einmal angefangen hat. Höllisch langweilig.« Übernatürliche waren von Natur aus fit und mussten nicht trainieren, um das aufrechtzuerhalten, aber das bedeutete nicht, dass die meisten keinen täglichen Plan hatten, den sie befolgten. *Manche mehr als andere*, dachte sie reumütig.

Suvi hielt ihr Lachen zurück und schnaubte ihr Getränk in ihre Nase. »Mist, das brennt. Und wir können sie jetzt nicht meiden, hier kommt sie.«

»Hallo, wie geht's euch beiden? Es ist seltsam, euch ohne Pema zu sehen. Wie gefällt ihr das verpaarte Leben? Liebt ihr nicht einfach den neuen Club?«, fragte Paula, als sie ihren Tisch erreichte. Isis war schockiert, dass die superkleine Nymphe lange genug aufhörte zu reden, um zu Atem zu kommen.

»Hey schl… Paula. Uns geht's großartig und Pema ist superglücklich. Verpaaren sich wie die Karnickel, während wir sprechen«, sagte Suvi, ihre musikalische Stimme eine Einladung, von der Isis nicht wollte, dass sie diese überbrachte.

»Wisst ihr, Sex verbrennt fünf Kalorien pro Minute, wenn sie also fünf Stunden lang Sex haben, haben sie fünfzehnhundert Kalorien verbrannt. Natürlich habe ich auf meiner zehn-Meilen-Wanderung heute, die ich in weniger als zwei Stunden zurückgelegt habe, sechzehnhundertzehn Kalorien verbrannt. Seht ihr«, die schlichte Paula zückte ihr Handy und begann, Knöpfe zu drücken, »diese FabFit-App macht Aufzeichnungen für mich. Ich kann es sogar auf meiner TRex-Seite posten. Und dann habe ich vierundzwanzig Wiederholungen bei meinem Gewichtszirkel gemacht und weitere tausend Kalorien verbrannt.«

Isis war überglücklich, dass sie Paulas Sup-Connect nicht angenommen hatte. Sie hatte keine Lust, den stündlichen

Kalorienverbrauch dieser Frau zu sehen. Die TRex-Seite war das übernatürliche soziale Medium. Die Menschen dachten, sie hätten solche Wege erfunden, um sich zu verbinden, aber die Wahrheit war, dass Killian, ein Ratsmitglied der Dark Alliance und Besitzer vom *Confetti Too,* es mindestens zwei Jahrzehnte zuvor entwickelt hatte. Sogar Übernatürliche fielen der Eitelkeit zum Opfer und nutzten ihre Seiten, um damit zu protzen, was sie hatten, und andere eifersüchtig zu machen. Der Unterschied war, dass die öffentlichen Bekanntmachungen normalerweise Dämonen und Skirm-Angriffe beinhalteten.

Als der Vampirkönig Zander vor einigen Monaten mit seiner Schicksalsgefährtin gesegnet wurde, was den Gefährtenfluch brach, drehten die Feeds durch die Neuigkeiten durch. Isis erinnerte sich, davon gelesen zu haben und zu denken, die Reaktion des Reichs sei übertrieben. Sie und ihre Schwestern waren jung, erkannte sie, und vielleicht nicht in der Lage, die volle Auswirkung davon zu würdigen, über siebenhundert Jahre lang auf den Gefährtensegen verzichtet zu haben.

Der Aussetzer hatte zu allen möglichen Veränderungen geführt, die das Reich noch nie zuvor gesehen hatte, wie zum Beispiel die Beseelten. Die Beseelten waren die Kinder unverpaarter Paare und waren äußerst selten. Zu einem Satz von Beseelten Drillingen zu gehören war noch seltener und machte sie und ihre Schwestern zu Objekten einer vor langer Zeit prophezeiten Weissagung. Kinder jeglicher Art waren über die Jahrhunderte hinweg Mangelware gewesen. Natürlich gab es einige zuvor verpaarte Paare, die Kinder bekamen, aber die Bevölkerung des Tehrex Reichs war drastisch zurückgegangen.

Nachdem sie Zeit mit den Dark Warrior und Mitgliedern des Rats der Dark Alliance verbracht hatte, verstand Isis die Bedeutung dieses Bevölkerungsrückgangs besser, insbesondere angesichts des Krieges, den sie seit Jahrhunderten gegen die Erzdämonen führten.

Isis erschauderte bei dem Gedanken an die Erzdämonen und ihren Skirm und die Zerstörung, die sie fähig waren anzurichten. Sie und ihre Schwestern besaßen ein Geschäft, in dem sie magische Ausstattung und Tränke verkauften und Tarot für Übernatürliche und Menschen lasen. *Black Moon,* ihr Laden, hatte seinen Anteil an am Boden zerstörten Menschen gesehen, die nach Möglichkeiten suchten, ihren Lieben bei der Heilung von Verletzungen zu helfen, oder nach Wegen suchten, den Trauerprozess zu erleichtern.

Suvis Stimme drang in Isis' Gedanken ein. »Wie viele Kalorien hätten sie verbrannt, wenn sie drei Tage am Stück gevögelt hätten?« Isis wollte ihrer Schwester eine auf den Kopf geben, weil sie Paula ermutigt hatte. Wenn das so weiterging, würden sie sie nie wieder los.

Die schlichte Paula legte ihren Kopf schief und überlegte für den Bruchteil einer Sekunde, bemerkte gar nicht, dass Suvi sich über sie lustig machte. »Ungefähr einundzwanzigtausendsechshundert Kalorien. Also, das ist ein ernsthaftes Training. Ihr müsst in mein Fitnessstudio kommen und euch von mir auf Herz und Nieren prüfen lassen. Ihr werdet euch wie neue Hexen fühlen.«

»Och, Frau. Bist du wirklich eine Nymphe? Ich kann nich' verstehen, wie du an nichts anderes als dein Training denken kannst«, hielt Bhric eine Ansprache, als er sich dem Tisch näherte.

Sie drehten ihre Köpfe und beäugten den eins neunzig großen, verdammt gutaussehenden Vampirprinzen. Seine bernsteinfarbenen Augen schimmerten vor Humor, während er mit einer Hand durch sein raspelkurzes Haar fuhr. Sie hörte Suvi scharf einatmen und verstand das Gefühl. Er war mit seinen prallen Muskeln, der schwarzen Lederhose und dem engen blauen T-Shirt ein feines Exemplar. Ganz zu schweigen davon, dass Isis seinen schweren schottischen Akzent liebte.

Isis war sich sicher, dass die schlichte Paula eine weitere Tirade über die Vorteile, eine Personal Trainerin zu sein, beginnen würde, aber Bhric rettete sie. »Kommt, meine liebreizenden Mädels, lasst uns tanzen.«

Isis sprang eifrig auf und packte die Hand ihrer Schwester, folgte dem großen, kräftigen Krieger auf die Tanzfläche, während die schlichte Paula ihren zurückweichenden Rücken zurief: »Wisst ihr, Tanzen ist eine weitere großartige Möglichkeit, um Kalorien zu verbrennen.«

»Diese Frau is' ein bisschen besessen vom Training, nich' wahr? Das is' verstörend und definitiv nich' natürlich. Ihr *Da* muss ein Mensch gewesen sein«, bemerkte Bhric, während er sich ihnen zuwandte, als sie die Mitte der Fläche erreichten.

Ein Lächeln breitete sich auf Isis' Gesicht aus, sie für besessen zu halten war eine zu milde Beschreibung. »Danke, dass du uns gerettet hast. Ich hätte mir fast die Waffe aus meiner Handtasche geschnappt und ihr zwischen die Augen geschossen.«

Bhric schlenkerte mit seinen Hüften und schlenderte näher an sie heran. Der Mann war wirklich ein sexy Biest und wie ein Backsteinhaus gebaut. »Ah, Mädel, meine Motive sind nich' ganz selbstlos. Ich hab' vor, dass ihr es mir beide zurückzahlt.« Er wackelte mit den Augenbrauen, was Isis zum Lachen brachte.

»Ich zahle dir gerne alles, was du willst«, erwiderte Suvi, während sie an dem Prinzen Kreisbewegungen vollführte. Ihre kleine Schwester hatte etwas für Vampire übrig und Isis war sich sicher, dass sie fürs Team gerne von einem, oder zehn, einen einstecken würde.

Isis schüttelte den Kopf und warf die Hände hoch, verlor sich schnell in der Musik. Sie sprang und wackelte und bewegte ihre Hüften und hatte einen Haufen Spaß. Sie und Suvi tanzten dicht neben Bhric, erregten den Prinzen, falls seine Erektion irgendein Hinweis war. Sie trat nach hinten gegen Bhric und rieb ihr Hinterteil an seiner Leiste, während ihre Schwester hinter ihm stand und ihn streichelte. Suvi manövrierte sich vor Bhric und sie setzten ihre Bewegungen fort. Das Tanzen endete, als ihre Schwester Bhric durch seine Hose umschloss.

Als das Knurren und Knabbern begann, verließ Isis die Tanzfläche und ging zu einem Tisch weit weg von der schlichten Paula. Ihr war heiß und sie war verschwitzt, brauchte einen Drink und überdachte ihre sture Entscheidung, Jeans zu tragen, da sie an ihrer Haut klebte.

Sie hob ihr langes Haar aus ihrem Nacken und suchte den Raum nach einem der anderen Dark Warrior ab, besonders nach Rhys. Ihr Körper war aufgeputscht, seit sie den Club betreten hatte, und Rhys, ein Cambion, würde genau das Richtige sein, um ihr Bedürfnis zu stillen.

Während Suvi etwas für Vampire hatte, genoss Isis einen Cambion. Sie waren die Nachkommen eines Menschen und eines Sexdämons und hatten viele sinnliche Kräfte. Da sie häufig Sex brauchten, um bei Kräften zu bleiben, waren sie immer auf der Suche nach jemandem, und all diese Erfahrung machte sie zu unglaublichen Liebhabern. Sie waren notorische Geschöpfe der Hitze, des Spaßes und der Leidenschaft, von denen sie im Moment alle drei brauchte.

Sie sah die Dark Warrior nicht, also ging sie in die Bar am anderen Ende und bestellte einen Wodka Tonic. Isis drehte der Bar den Rücken zu und lehnte sich dagegen, den Fuß neben sich auf den Hocker aufgestützt. Sie überlegte, ihr Shirt neu zuzuknöpfen, da es sich eng über ihre Brüste zog, als sie ihre Ellbogen hinter sich legte. Eine verstohlene Überprüfung verriet ihr, dass ihre Brüste aus ihrem schwarzen BH quollen. Angesichts des Schweißschimmers auf ihrer

Haut beschloss sie, stattdessen ein paar mehr aufzuknöpfen. Als sie aufschaute, erregte ein besonders sexy Mann ihre Aufmerksamkeit. Sie verschränkten ihre Blicke und starrten einander einige Momente lang an, bevor er auf sie zuzugehen begann.

ANMERKUNG DER AUTORIN

Rezensionen sind wie Umarmungen. Manchmal unangenehm. Immer willkommen! Es würde mir so viel bedeuten, wenn du dir fünf Minuten nehmen könntest und andere wissen lässt, wie sehr dir mein Werk gefallen hat.

Vergiss nicht meine Webseite www.brendatrim.com zu besuchen und dich für meinen englischen Newsletter anzumelden, der knallvoll mit aufregenden Neuigkeiten und monatlichen Giveaways ist. Stell auch sicher, dass du meine Facebook-Seite https://www.facebook.com/AuthorBrendaTrim besuchst und likest, um meine täglichen Posts zu sehen.

Lasse es nie zu einer Gewohnheit werden, abzuwarten. Lebe deine Träume und geh Risiken ein. Das Leben passiert jetzt.

TRÄUM GROSS!

XOXO,

Brenda

ANDERE WERKE VON BRENDA TRIM

Allianz der Dark Warrior
Traumkrieger (Allianz der Dark Warrior, Buch 1)
Mystischer Krieger (Allianz der Dark Warrior, Buch 2)
Pemas Sturm (Allianz der Dark Warrior, Buch 3)
Isis' Verrat (Allianz der Dark Warrior, Buch 4) Sommer 2022

DIE WANDLER VON HOLLOW ROCK

GEFANGENSCHAFT (DIE WANDLER VON HOLLOW ROCK, BUCH 1)

Sicherer Hafen (Die Wandler von Hollow Rock, Buch 2)

Bramble's Edge Akademie

Die Entdeckung des Fae-Königs (Bramble's Edge Akademie, 1. Jahr)

Die Maskierung des Fae-Königs (Bramble's Edge Akademie, 2. Jahr)

Die Enthüllung des Fae-Königs (Bramble's Edge Akademie, 3. Jahr)

MIDLIFE WITCHERY

MAGISCHE NEUANFÄNGE (MIDLIFE WITCHERY, BUCH 1)

Geist über Magie (Midlife Witchery, Buch 2) Juni 2022

Mystische Lebensmitte in Maine

Magische Erneuerung (Mystische Lebensmitte in Maine, Buch 1) Sommer 2022

www.ingramcontent.com/pod-product-compliance
Ingram Content Group UK Ltd.
Pitfield, Milton Keynes, MK11 3LW, UK
UKHW040008200726
13854UKWH00001B/95

9 788835 439806